宋词经典研究系列

宋词入门

诸葛忆兵 著

北方文艺出版社

图书在版编目（CIP）数据

宋词入门 / 诸葛忆兵著. -- 哈尔滨：北方文艺出版社，2020.1
ISBN 978-7-5317-4424-5

Ⅰ.①宋… Ⅱ.①诸… Ⅲ.①宋词–诗词研究 Ⅳ.①I207.23

中国版本图书馆CIP数据核字（2019）第171508号

宋 词 入 门
SONGCI RUMEN

作　者 / 诸葛忆兵	
责任编辑 / 路　嵩　张贺然	封面设计 / 琥珀视觉
出版发行 / 北方文艺出版社	邮　编 / 150080
发行电话 /（0451）85951921　85951915	经　销 / 新华书店
地　址 / 哈尔滨市南岗区林兴街3号	网　址 / www.bfwy.com
印　刷 / 廊坊市国彩印刷有限公司	开　本 / 710mm×1000mm　1/16
字　数 / 106千	印　张 / 11
版　次 / 2020年1月第1版	印　次 / 2020年1月第1次印刷
书　号 / ISBN 978-7-5317-4424-5	定　价 / 38.00元

前 言

宋词向来与唐诗相提并论。宋词,是中国古代诗歌绚丽多姿的百花园里另一朵鲜艳夺目的奇葩。它悄悄地在民间萌芽生长,于花前月下文人歌伎的诗酒宴会之间汲取着芬芳的养分,日益滋润成熟,终于成为一种可以与唐诗分庭抗礼的新的抒情格律诗体。它从一开始就把注意力侧重于个人的享乐私生活,突出表现抒情主体享受人生过程中的细腻感官感受、幽隐心灵体验、曲折情感历程,形成"言情"与"侧艳"的文学特征。其间,又不乏天才作家"满心而发,肆口而成"的随意挥洒淋漓。唐圭璋先生编纂的《全宋词》共计辑录两宋词人一千三百三十余家,词作约二万首。孔凡礼先生又编得《全宋词补辑》,增收词人一百余家,词作四百三十余首。

词这种独特的抒情诗体式,最初是配合隋唐之际新兴的音乐——燕乐歌唱的歌词。其特点是每首词都有固定的词调,而且"调有定句,句有定字,字有定声",不能随意增减变换。词的格律变化繁富但又十分严格。根据词的不同侧面特征,它又有许多别名,如曲子词、乐府、乐章、歌曲、琴趣、长短句、诗余等等。词的最初创作大都活跃在中下层文人之间或民间,1900年一个偶然机会,在敦煌鸣沙山第二八八石窟(藏经洞)里发现了几百首抄写的民间词，为研究词曲的发展提供了极其珍贵的资料。现存的敦煌曲子词，不仅题材广阔，内容丰富，同时在艺术上也保留了民间作品那种质朴与清新的特点，风格也较为多样。到了中唐，填词的文人逐渐多起来了，其中著名的有张志和、韦应物、刘禹锡、白居易等。刘禹锡在洛阳时以《忆江南》词调相唱和，并自注说："和乐天春词，依《忆江南》曲拍为句。""依曲拍为句"的提出，总结了唐代配乐填词的经验，把词的写作自觉地提高到依声填词的新阶段。晚唐五代，出现了词史上第一个创作高潮，涌现出"花间词人"、"南唐词人"两个优秀创作群体。宋以前词人的系列努力，已经为宋词的繁荣奠定了坚实的基础。

　　宋词的发展，从大的范围来看，可分成北宋词与南宋词。依据创作模式的转移与词风的嬗变，北宋词大体可以分为四个创作时期。第一是晏殊、欧阳修词风盛行的小令繁荣期。这一时期的小令创作，与唐末五代最大的不同就是别具一种雍容富贵的气度、平缓舒徐的节奏、雅致文丽的语言。第二是柳永词风崛起的慢词兴起期。柳永长期生活于歌伎舞女之间，他一面继承敦煌曲子词的传统，一面从民间的"新声"中汲取丰富营养，从而使他在形式、内容、手法以及语言上有了新的突破和新的创造。他大量创作和运用慢词形式，从而使其成熟并得到推广，成为两宋词坛的主要创作形式；他汲取民间文学营养，创立了俚俗词派。第三是苏轼词风暂露头角的豪放词创作期。苏轼将诗文革新运动的精神带入词的创作领域，追求别具一格的艺术表现，词中往往以自我为抒情主人公，突出自我的主观情绪，表现个体的心灵矛盾，清雄旷达。苏轼成为北宋词坛最具变革精神的词人。第四是清真词风风靡一时的词律规范期。以周邦彦为代表的"大晟词人"在传统的"艳情"题材范围内寻求新变,具体表现为言情体物时之炼字炼句和谋篇布局更趋精致工整,词风更趋富丽堂皇,确立了"雅词"创作的基本格式。他们的作品,被南宋雅词作家奉为创作之圭臬。宋室南渡以来,小朝廷始终笼罩在外族入侵的阴影之下。歌词创作受时代环境的影响,不得不走出象牙塔,把目光投向更为广阔的社会现实。苏轼的豪放词于此时发挥了广泛的影响,逐渐汇聚成以辛弃疾为代表的爱国词创作流派。随着南宋偏安局面的形成,追求词的"风雅"化的文人创作倾向再次占据词坛主流地位。姜夔的清空骚雅、史达祖的奇秀清逸、吴文英的密丽幽邃、王沂孙的晦隐缠绵等等,名花异卉,灿烂辉煌,将"雅词"的创作带向颠峰。南宋词人的努力,扩大了词的表现能力,丰富了词的表现手段,同时也使歌词成为脱离音乐的文人"案头文学"。

  千百年来,历代都有无数读者为宋词折腰倾倒,"堕情者醉其芬馨,飞想者赏其神骏"(沈曾植《菌阁琐谈》),各取所爱,各得其所。许多优秀的宋词选本,一版再版,深受读者的喜爱。清末朱祖谋编定的《宋词三百首》是流传最为广泛久远的一个版本。朱祖谋选词,是与他的友人同时也是词学大家况周颐商榷而定。前后有几次修订删改。初稿1924年问世,选宋词人87家,词300首。不久,朱祖谋便对初稿作出修订,删除作品28首,另增加11首,入选总数变为283首。在第三稿中,朱祖谋又增加了2首,合计285首。这次重新评注这个选本,以第二稿为底本,将初稿与三稿选录的作品也一一录入。对具体作品的删录情况在"点评"中做简要说明,由此可见朱祖谋选录作品的前后构思及审美情趣之变化。本书在注释之外,增加"辑评"、"点评"、"附录"、"插图"四项内容,力求活泼生动、图文并茂，以帮助读者、加深对作品的理解；同时也是为了引导、推动目前的喜爱古典文学、喜爱宋词的热潮，适应广大读者渴望更全面、更广泛、更深入地了解宋词、欣赏宋词的需求。

目 录

引 言 · 001

第一章 宋词的价值
第一节 佳人檀板唱艳曲 · 003
第二节 道是无情却有情 · 021

第二章 北宋词
第一节 晏欧词风 · 039
第二节 柳永词风 · 057
第三节 苏轼词风 · 072
第四节 清真词风 · 089

第三章 南宋词
第一节 易安词风 · 101
第二节 稼轩词风 · 113
第三节 南宋风雅词人 · 130

结束语 两宋词异同 · 162

引 言

在源远流长的中国古代文学河流里，追溯本源，诗歌恐怕是最古老的文学样式。鲁迅在《门外文谈》中假设原始人"抬木头，都觉得吃力，却想不到发表，其中有一个叫道'杭育杭育'，那么，这就是创作"。如果将这种"杭育杭育"的节奏，配上有意义的文字，作为一种号子来喊叫，那就是原始诗歌。流传至今的上古诗《弹歌》，两个字一节拍，就是这种劳动过程的产物。

到了春秋时代，作诗、言诗蔚然成风。经过系统整理，汇集成第一部诗歌总集——《诗经》。庙堂祭祀、外交应对、亲朋酬答，都离不开诗歌的创作和应用。在长江中下游地区之古老的楚国，楚辞作为一种别具地方语言特色的诗歌体裁也在悄悄萌芽、产生、发展。屈原和他的巨作《离骚》的出现，宣告楚辞体式的完全成熟，并走向鼎盛。从此，《诗经》和《楚辞》就成为中国古代诗歌的两大文学源头。

中国古代诗歌，不仅有悠远绵长的历史，而且，历代都有出类拔萃的诗人或诗篇涌现。《诗经》《楚辞》之后，有汉代的乐府、汉代的文人五言诗、魏晋的拟古乐府、南北朝的民歌、南朝的新体诗等。从诗歌形式上来说，变四言为五言、七言，且辅之以杂言；变随意而发为讲究声律音韵，且趋于格律化，纷繁复杂，五彩缤纷。唐代，则是中国古代诗歌的全盛时期：李白、杜甫、王维、白居易、李贺等等，群星闪烁，光彩耀人；古体诗、格律诗，诸体俱备；山水诗、田园诗、边塞诗，诗境全面拓展；诗风或飘逸奔放，或沉郁顿挫，或秾丽凄清，或绵邈绮艳，或奇崛险怪，百花齐放，争奇斗艳。清人编纂的《全唐诗》，共收录二千二百余位作家的诗歌四万八千九百多首。中国古代堪称泱泱诗歌大国。

在这一片灿烂辉煌的诗的百花园里，宋词是一朵鲜艳夺目的奇葩。它悄悄在民间萌芽生成，于花前月下汲取着芬芳的养分，日益滋润成熟，终于成为一种可以与唐诗分庭抗礼的新抒情格律诗体。它从一开始就把注意力侧重于个人的享乐私生活，突出表现抒情主体享受人生过程中的细腻感官感受、幽隐心灵体验、曲折情感历程，形成"言情"与"侧艳"的文学特征。其间，又不乏天才作家"满心而发，肆口而成"的随意挥洒淋漓。他们可以咏叹历史古迹，寓意深邃；可以感慨现实人生，视野开阔；可以关切国家命运，慷慨激昂。宋词的抒情功能在他们手中有了极致的表现和复杂的变化。词的风格表现更是多姿多彩，琳琅满目，美不胜收。唐圭章先生编纂的《全宋词》共辑录两宋词人一千三百三十余家，作品约二万首。孔凡礼先生又编得《全宋词补辑》，增收词人一百余家，作品四百三十余首。

千百年来，历代都有无数读者为宋词折腰倾倒，"堕情者醉其芬馨，飞想者赏其神骏"（沈增植《菌阁琐谈》），各取所爱，各得其所。

第一章　宋词的价值

宋词能够经受住长时间的考验，获得后代读者的广泛喜爱，经久不衰，必然有其特殊的价值与魅力。了解宋词的特殊魅力之所在，也就对宋词的文化价值和形式特征有了一个基本的把握。

第一节　佳人檀板唱艳曲

"词为艳科"，宋词以善写男女私情著称。宋词描写最多的就是男欢女爱、春恨秋愁、离思别绪、风花雪月等题材内容，与"艳情"有着直接或间接的关系。在宋人的创作观念中，牢固树立起"词言情""诗言志"的传统，二者泾渭分明，各司其职。"诗庄词媚"，二者的总体审美风貌也迥然相异。柳永写诗，就会去反映海滨盐民生活的艰辛劳苦，其诗作《盐民叹》的作风与白居易"惟歌生民病"的新乐府诗相似。柳永的词则几乎都在津津乐道地夸耀自己"偎红倚翠，风流事、平生畅"（《鹤冲天》）的艳冶生活经历，以及由此带来的别离苦思。李清照云《乌江》诗说："生当作人杰，死亦为鬼雄。至今思项羽，不肯过江东！"铿锵有力，掷地有声。李清照的词则几乎是清一色的"莫道不消魂，帘卷西风，人比黄花瘦"（《醉花阴》）的缠绵悱恻的吟唱。委婉言情已经成为宋词的固定文体特征。

宋词能够继唐诗而起，开辟出一片全新的创作天地，给后代读者以无穷的审美享受，就是因为具备了与众不同这一文体特征。宋词的审美价值和认识价值奠基于此，宋词的巨大艺术魅力也来源于此。

一、来自花间，扑面芬香

宋词文体特征的形成，与宋词之起源、生成环境、文化和社会背景密切相关。

1. 词的起源

关于词的起源问题，前人的解说众说纷纭。前人讨论词的起源问题，大约从三个角度入手：诗与词的关系、词的长短句样式之渊源、音乐与词的关系。从时间上往前追溯，前人则分别认为词起源于远古诗歌、《诗经》、汉魏六朝乐府、唐近体诗等等。

首先，是起源于远古说。清人汪森等根据词的句式长短参差错落的文体特征，追溯词的起源。他们发现，自从有了诗歌也就有了长短不一的句式，那么，词的源头自然可以追溯到上古。汪森的《词综序》说：

自有诗而长短句即寓焉，《南风》之操、《五子之歌》是已。周之《颂》三十一篇，长短句居十八；汉《郊祀歌》十九篇，长短句居其五；至《短箫铙歌》十八篇，篇篇长短句，谓非词之源乎？

编辑《词综》且时与汪森讨论的朱彝尊，词学观点与汪森完全一致。他在《水村琴趣序》中说：

《南风》之诗,《五子之歌》,此长短句之所由昉也。汉《铙歌》《郊祀》之章,其体尚质。迨晋、宋、齐、梁,《江南》《采菱》诸调,去填词一间尔。诗不即变为词,殆时未至焉。既而萌于唐,流演于十国,盛于宋。

相传虞舜作五弦琴,歌《南风》。《五子之歌》则出自《尚书·夏书》,后人相传其为夏时的歌曲。朱、汪二人从远古的《南风》、《五子之歌》等诗歌开始,又延及《诗经》及以后其他诗歌中的长短句,认为词中长短句的源流既广且长。

其次,是起源于《诗经》《楚辞》说。"诗三百"经孔子删整,被后人奉为经典;楚辞以其忠君意志的一再表达、比兴手法的完整运用,影响后代诗歌创作,形成创作传统。《诗经》与《楚辞》因此也时常被认作古代诗歌的源头。讨论词的起源,许多词学家自然将源头追溯到《诗经》与《楚辞》。

词乃"小道""小技",为体不尊,向来不受文人士大夫重视。南宋以后,由于苏轼词的影响与词坛风气的转移,词人们开始要求歌词也能寄托更多的社会内容,抒发个人的情怀,即要求以重大题材入词。如此以来,必须提高词的社会地位,为词在正统文坛中争得一席之地,于是,词坛上出现了"尊体"的呼声。最初将词的源头追溯到《诗经》《楚辞》,就是这种"尊体"的一种具体措施。胡寅《题酒边词》说:"词曲者,古乐府之末造也。古乐府者,诗之傍行也。诗出于《离骚》《楚词》,而《离骚》者,变风变雅之怨而迫、哀而伤者也。其发乎情则同,而止乎礼义则异。"张镃《题梅溪》说:"《关雎》而下三百篇,当时之歌词也。圣师删以为经。后世播诗章于乐府，被之金石管弦，屈、宋、班、马由是乎出。而自变体以来，司花傍辇之嘲，沉香亭北之咏，至与人主相友善，则世之文人才士，游戏笔墨于长短句间。"

"尊体"的呼声，到清代登峰造极。词起源于《诗经》与《楚辞》的说法，更加被人们所普遍接受。《四库全书总目》卷一百九十九《碧鸡漫志·提要》说："宋词之沿革，盖三百篇之余音，至汉而变为乐府，至唐而变为歌诗。及其中叶，词亦萌芽。至宋而歌诗之法渐绝，词乃大盛。"清成肇麐《唐五代词叙》说："十五国风息而乐府兴，乐府微而歌词作。"清许宗彦《莲子居词话序》说："自周乐亡，一易而为汉之乐章，再易而为魏晋之歌行，三易而为唐之长短句。要皆随音律递变，而作者本旨无不滥觞楚骚，导源风雅，其趣一也。"

再次，是起源于汉魏乐府说。词的最显著的特征是合乐歌唱，追溯词的起源，部分词论家充分注意到这一点。汉代设立的乐府，本来是官方的音乐机构，它的任务之一就是采诗入乐或者为诗歌配乐，后人将这些配乐歌唱的诗歌也称之为"乐府"。汉以后，乐府诗十分兴旺发达。南宋以后，推究词的起源，人们有的就从音乐的角度切入，而把目光聚焦在汉魏乐府诗歌上。南宋王炎《双溪诗余自叙》说："古诗自风雅以降，汉魏间乃有乐府，而曲居其一。今之长短句，盖乐府曲之苗裔也。"明黄河清《续草堂诗余序》说："词固乐府铙歌之滥觞，李供奉、王右丞开其美，而南唐李氏父子实弘其业，晏、秦、欧、柳、周、苏之徒嗣其响。"清陈廷焯《白雨斋词话》卷五说："词也者，乐府之变调，风骚之流派也。"

第四，是起源于六朝杂言说。将词的合乐特征、词调的出现等与词的长短句式结合起来考察，部分词论家就把注意力集中在六朝杂言诗之上。明陈霆《渚山堂词话序》说："北齐兰陵王长恭及周，战而胜，于军中作《兰陵王》曲歌之，今乐府《兰陵王》是也。然则南词始于南北朝，转入隋而著，至唐宋昉制耳。"明杨慎《词品》卷一说："填词起于唐人，而六朝已滥觞矣。"清毛先舒《填词名解略例》说："填词缘起于六朝，显于唐，盛于宋，微于金元。"清江顺诒《词学集成》卷一说："梁武帝《江南弄》云：'群花杂色满上林，舒芳曜采垂轻阴。连手蹀躞舞春心。舞春心，临岁腴。中人望，独踟蹰。'此绝妙词，在《清平调》之先。又沈约《六忆》云：'忆眠时，人眠独未眠。解罗不待劝，就枕不须牵。复恐旁人见，娇羞在烛前。'亦词之滥觞。"

第五，是起源于唐诗说。词，又是一种合乐歌唱的新式格律诗，在平仄声韵方面都有严格的要求。格律诗，至唐朝才正式定型。考虑到这一点，相当多的词论家便主张词起源于唐诗。清张惠言《词选序》说："词者，盖出于唐之诗人，采乐府之音，以制新律，因系之以词，故曰'词'。"《四库全书总目》卷一百九十九《御定历代诗余提要》说："诗降而为词，始于唐。若《菩萨蛮》《忆秦娥》《忆江南》《长相思》之属，本是唐人之诗，而句有长短，遂为词家权舆，故谓之诗余。"上文讨论词与音乐之关系时，言及"和声"说、"虚声"说、"泛声"说、"散声"说等等，论者也多数认为词是在唐诗基础上，对"和声""虚声""泛声""散声"的落实演变，并举有许多具体事例，此处不再赘言。

上述诸多"起源"说，都是通过不同的方面，力求接近史实。不过，因为他们没有捕捉到"词乃配合燕乐歌唱之歌词"这一关键点，所以，讨论问题时往往偏离方向。例如，从抒写性情、比兴寄托的角度将词的起源追溯到《诗经》等，这种讨论过于普泛，同样适用于其他文体起源之讨论，因此也失去了讨论特殊文体起源的意义。

真正接触到问题实质的是现代的学者。燕乐研究在清代逐渐成为"显学"，凌廷堪《燕乐考原》等专著的问世加深了人们对词与燕乐关系的理解，有关词的起源问题之实质也逐渐凸现出来。今人吴梅就是从这个角度为"词的起源"定位的，他在《词话丛编序》中说："倚声之学，源于隋之燕乐。三唐导其流，五季扬其波，至宋大盛。"这种说法就已经十分科学。既然词是配合隋唐之际新兴的燕乐演唱的，那么，它的起源就不会早于隋唐。况且，中原人士对外来音乐还有一段适应与熟悉的过程，不可能立即为新乐谱词。结合敦煌石窟保存的早期"曲子词"来分析，大约是入唐以后中原人士才开始为比较成型的燕乐谱写歌辞。因此，词应该是在初唐以后逐渐萌芽生长而成的。

2. 词与燕乐

词起源于燕乐，词最初是配合燕乐歌唱的歌词。词之起源与音乐有着难以分离的紧密关系。中国诗乐结合的传统，大体经历了三个不同历史阶段。沈括在《梦溪笔谈》卷五中说："外国之声，前世自别为四夷乐。自唐天宝十三载，始诏法曲与胡部合奏。自此乐奏全失古法，以先王之乐为雅乐，前世新声为清乐，合胡部者为宴乐。"根据沈括的划分：第一阶段是秦以前的"雅乐"，《诗经》中的作品就是配合雅乐歌唱的；第二阶段是汉魏六朝的清乐，"乐府诗"就是配合清乐歌唱的；第三个阶段是隋唐的燕乐，这是与词相配的新兴音乐。

隋唐之际，中国古代音乐出现了一个大融合、大发展与大高涨的历史时期。古代称之为"胡乐"的西域音乐，通过友好往来，通过经商、通婚、宗教传播、建立武功等多种渠道，源源不断地进入中原内地，受到内地人民百姓的普遍欢迎，同时还与传统的民间音乐相互交融汇合，形成了全新的音乐类型："燕乐"。"燕乐"节奏鲜明，旋律欢快，色调丰富，乐曲演奏手段多彩多姿，善于表情达意，显示出经久不衰的创造力与生命力。这种新兴的音乐，吸引了许多民间乐工、歌伎直至文人、词客，他们一时技痒，便开始按谱填词，渐成风俗，日久天长，广泛传唱，最终形成了"词"这一新的诗体形式。

"燕乐"的"燕"字通假"宴"，即："燕乐"就是举行宴席时演奏或演唱的音乐。换句话说，大量的西域音乐传入中原，最终形成"燕乐"体系，其间是经过中原音乐家、文人特意选择的。隋唐之际，人们在歌舞酒宴娱乐之时，厌倦了旧的音乐，对新传入中原的各种新鲜活泼的外来音乐产生浓厚兴趣，于是纷纷带着一种娱情、享乐的心理期待转向这些新的音乐，听"十七八女孩儿，执红牙板"，曼声细唱，莺娇燕柔。那么，在这样灯红酒绿、歌舞寻欢的娱乐场所，让歌伎舞女们演唱一些什么样内容的歌曲呢？是否可以让这些歌伎舞女板着面孔唱"朱门酒肉臭，路有冻死骨"？或者让她们扯开喉咙唱"天生我才必有用，千金散尽还复来"？这一切显然都是与眼前寻欢作乐的歌舞场面不协调的，是大煞风景的。于是，歌唱一些男女相恋相思的"艳词"，歌伎们装出娇媚慵懒的姿态，那是最吻合眼前情景的。"艳词"的内容取向是由其流传的场所和所发挥的娱乐功能决定的。

后人或以为敦煌发现的"曲子词",题材更为广泛,不专写艳情。但是,人们同样应注意到另外一点,即:在敦煌曲子词中,言闺情花柳乃是最为频繁的。如果将《敦煌曲子词集》做一次分类归纳,就能发现言闺情花柳的作品占三分之一以上,所占比例最大。这类作品在敦煌曲子词中也写得最为生动活泼,艺术成就最高。如《抛球乐》(珠泪纷纷湿罗绮,少年公子负恩多。当初姊妹分明道,莫把真心过于他。子细思量着,淡薄知闻解好么)、《望江南》(天上月,遥望似一团银。夜久更阑风渐紧,为奴吹散月边云,照见负心人)之类,深受后人喜爱。至《云谣集》,创作主体已经转移为乐工歌伎,作品的题材也就集中到"艳情"之上。"除了第二十四首《拜新月》(国泰时清晏)系歌颂唐王朝海内升平天子万岁,第十三首《喜秋天》感慨人生短暂、大自然更替无情之外,其余二十八首词都与女性有关,或者出于女性之口吻,或者直接以女性为描写对象。"[①]到了"花间派"手中,男女艳情几乎成为唯一的话题。"春梦正关情,镜中蝉鬓轻","门外草萋萋,送君闻马嘶"(温庭筠《菩萨蛮》)之送别相思,"深夜归来长酩酊,扶入流苏犹未醒"(韦庄《天仙子》),"眼看惟恐化,魂荡欲相随"(牛峤《女冠子》)之宿妓放荡,几乎构成一部《花间集》。词中女子在性爱方面甚至大胆到"妾拟将身嫁与、一生休。纵被无情弃,不能羞"(韦庄《思帝乡》)的地步。而后,"艳词"永远是歌词创作的主流,苏轼、辛弃疾等人的开拓,只能算作歌词创作的支流,数量上远远不能与艳词抗衡。

宋词,来源于花前月下的浅斟低唱,带着女性的温柔和芬香。

[①] 萧鹏《群体的选择——唐宋人选词与词选通论》第71页,台湾文津出版社1992年12月版。

这是宋词特有的审美价值。

二、男欢女爱，人之天性

宋词多写男欢女爱和离思别绪，事实上是人们性爱心理的文学表现。从这样一个角度认识宋词，也给后人以独特的启示。

1.情欲与压抑

在中国古代文学创作中，性爱是一个被压抑被歪曲被遗忘被窒息的话题，是不得逾越的禁区。宋代以前，文人很少涉足男女情欲的描写。只有在民间创作中，才能找到坦率真诚、热烈沈挚、火爆大胆的男女情欲以及性爱之表现。《诗经》中有最健康最开朗最优美的描写男女性爱的爱情诗篇，那还是一个性爱观念相对自由、男女情感交往没有过多受到不通人性的社会伦理道德规范时期的产物。《诗经》以后，爱情诗的创作传统只是保留在民间，从汉代的《上邪》、南朝民歌，一直到唐代的敦煌曲子词《菩萨蛮》（枕前发尽千般愿），都是如此。

孔子说："《诗》三百，一言以蔽之，曰：思无邪。"（《论语·为政》）从孔子开始，已经按照自己的伦理价值观念，随心所欲地解释《诗经》。于是，《诗经》中的爱情诗在儒家的阐释中，都有了另外一副面目。如《关雎》篇，儒家学者解释说"周之文王生有圣德，又得圣女姒氏以为之配。宫中之人，于其始至，见其有幽闲贞静之德，故作是诗。"《汉广》篇，他们又别出心裁地解释说："文王之化，自近而远，先及于江汉之间，而有以变其淫乱之俗。故其出游之女，人望而见之，而知其端庄静一，非复前日之可求矣。"对一些实在无法解说的爱情诗，儒家学者便直接加以拒斥。如斥《静女》篇为"淫奔期会之诗",《将仲子》篇为"淫奔者之辞",《溱洧》篇为"淫奔者自叙之辞"等等（以上所引，均见朱熹《诗集传》）。无法自圆其说的还是要牵强附会，或者是干脆的呵斥，儒家学派在这里传达出一种非常清晰的信息：不许谈论性爱！在文学创作中不许涉及男女情欲！

至汉代，儒家获得"独尊"的地位。儒家的伦理道德价值观念，对古代所有的知识分子，都产生极其巨大的影响，基本上左右了他们一生的言与行，决定了他们思想的形成与发展。先秦之后宋代之前，在文人的诗歌创作中，爱情或性爱的题材被悄悄挤到了角落或干脆消失。翻检文学史，可以得出这样的结论：中国古代文人诗歌，没有描写爱情或男女性爱的传统，只有偶尔零星之作。历数宋代以前许多著名诗人，曹操、陶渊明、谢灵运、左思、鲍照，以至唐代诸多大诗人，哪些篇什是写男女情爱的？与男女性爱相关的文人诗篇，真的凤毛麟角，寥若晨星。

2.迂回曲折的表现

在这个漫长的诗歌发展过程中，诗人的性爱心理也有迂回曲折或难以自我控制的表现，主要表现为以下四种方式：其一，南朝写艳情一类的宫体诗。这与南朝淫靡的世风相适应，是诗人失去政治理想之后的自我放荡，难登大雅之堂。其二，模仿民歌的创作。民间有许多脍炙人口的爱情诗，高雅的文人、达官、贵族也倾心迷恋，他们便以戏谑的态度模仿创作，借以宣泄自己的情欲，如南朝文人喜欢写作《采莲曲》等等。其三，游子思妇或闺妇思边之作。诗人在这类题材的描写中可以比较尽情地抒发男女相思相恋的情感。夫妇睽离，征人服役，有悖人伦，甚至导致社会经济生产衰退、民生凋敝，也可以说是一个严重的社会问题。诗人依然可以用诗歌服务现实或"诗言志"的口号为这类诗歌做遮掩，与儒家"思无邪"的诗教不矛盾。其四，悼亡诗。一旦妻子去世，特别是在依然年轻美丽的时候撒手人寰，失去的才是可贵的，于是就有了一些真挚动人的思念篇什。然而，将这四类作品合起来，在古代文人诗歌创作中，所占比例依然不大，不是创作的主流，甚至不是重要的创作倾向之一。

而对于一些后人容易将之作为抒写男女情爱的诗歌之具体阅读理解，还须打上一个问号。如王维的《相思》（红豆生南国，春来发几枝？愿君多采撷，此物最相思），在诗中所说的"君"之性别未认定之前，就很难说这是不是一首写男女情爱的情诗。诗人所思念的，很可能就是同性的朋友。王维另有七绝《送沈子福归江东》说："杨柳渡头行客稀，罟师荡桨向临圻。惟有相思似春色，江南江北送君归。"诗意与《相思》类似，根据诗题可知道是赠送给男性友人的。同理，李商隐的《夜雨寄北》（君问归期未有期，巴山夜雨涨秋池。何当共剪西窗烛？却话巴山夜雨时），也有可能是寄给北方男性友人的。杜甫的《月夜》，用"香雾云鬟湿，清辉玉臂寒"之句表现了对妻子的牵挂之情，但前面已有"遥怜小儿女，未解忆长安"的诗句，说明这首诗主要是抒发对家人的想念牵挂之情怀，而非专写给妻子的情诗。将这些诗歌一一加以辨别，宋以前能拿得出来的写男女情欲的文人诗，少之又少。

一直到了晚唐，李商隐等诗人出现在诗坛的时代，文人的性爱心理才更多地在诗歌中得以表现。李商隐的大量"无题"诗，无论后人对其做何种诠释，这些诗歌中渗透了诗人的性爱体验，应该是没有疑问的。否则，这些诗歌就无法深深地打动后代为情所苦所困的千千万万痴男怨女了。可是，李商隐却不敢明确表达，遮遮掩掩，甚至连题目都不敢取，统统冠之以"无题"。后代读者，便可以用"比兴法"诠释李商隐的"无题"诗，得出政治寓意、身世感伤之类的结论，仿佛诗人没有在诗歌里流露出自己的性爱心理。

凡此种种，都说明在唐宋词出现之前，文人不可能很好地在诗歌中表现自我的性爱心理，即使要表现，也是遮蔽的、含糊的、晦涩的、躲躲闪闪的。唐宋词出现之前，古代文人在文学创作中之性压抑由来已久。然而，"艳词"却是歌词创作的主流。也就是说，文人们备受压抑不得公开表达的性爱体验、无法言说的性爱心理，终于在歌词中找到合适的宣泄机会。歌舞色情娱乐场所，逢场作戏，文人们尽可放下平日"治国平天下"的严肃面孔，纵情欢乐。心神迷醉、兴高采烈之余，自己也不妨当场填写艳词，付歌儿舞女，博宴前一笑。

三、奢靡世风，推波助澜

大量艳词的创作，文人肆无忌惮地在歌词中言说自己的性爱体验，不仅仅是题材方面的重大突破，也冲击着人们以往的道德价值观念。对道德价值观念的冲击，才是更为艰苦卓绝的努力，这需要寻找合适的时机与社会环境。只有在一个社会享乐成风、道德价值体系相对崩溃的时代，歌词才能找到适宜的土壤，迅速滋生、繁衍。学者们一直忽略这样一个问题：盛唐时期燕乐已经走向繁荣，却没有带动歌词创作，歌词一直无声无息流传于民间，一直到晚唐五代才第一次显示出其勃勃生机。燕乐的繁荣与歌词创作高潮的到来之间为什么存在着一个"时间差"？这个"时间差"的出现，就非常有说服力地证明，燕乐不是词体兴起的唯一重要因素。只有等到一个纸醉金迷的社会环境形成，文人可以相对自由地暴露自己的性爱心理，歌词才会迎来真正的创作高潮。

1. 唐代世风的转变

上层社会、文人士大夫的生活享乐，在唐代各个时期都普遍存在，但这不会成为他们的主要生存方式。而且，他们受到社会道德价值观念的束缚，也不敢在创作中敞开心扉。中唐以来文人寥寥几首的歌词创作，多数歌唱风光、隐逸，如韦应物的《调笑》、白居易的《忆江南》、张志和的《渔歌子》等等，民歌风味十足，却与艳情无关。

然而，中唐自宪宗暴卒之后，帝王的废立之权掌握在宦官的手中，穆、敬、文、武、宣、懿、僖、昭八帝，都是经宦官拥立而继帝位的。宦官为了控制帝王和朝政，故意拥立平庸者继承帝位，并且引导他们嬉戏游乐，纵情享受。唐穆宗就是因为与宦官击马球游戏，受惊吓得病去世。其子敬宗在位三年，同样游戏无度，狎昵群小，最后，因与宦官刘克明、击球将军苏佐明等饮酒，酒酣被弑。唐武宗则"数幸教坊作乐，优倡杂进，酒酣作技，谐谑如民间宴席。上甚悦。"（《唐语林》卷三）唐宣宗也"妙于音律。每赐宴前，必制新曲，俾宫婢习之"。（《唐语林》卷七）生活更加骄奢无度的是唐懿宗，史言"李氏之亡，于兹决矣"。懿宗喜欢音乐宴游，"殿前供奉乐工常近五百人，每月宴设不减十余，水陆皆备，听乐观优，不知厌倦，赐与动及千缗。"（《资治通鉴》卷二百五十）懿宗少子继位，为僖宗，在宦官田令孜的引诱下，于音律、赌博无所不精，又好蹴鞠、斗鸡、击球，他甚至对优伶石野猪说："朕若应击球进士举，

须为状元。"(《资治通鉴》卷二百五十三)

  帝王和朝廷的自我放纵，诱导着社会风气的转移。从中央到地方，追逐声色宴饮已经成为一种普遍的行为。同时，随着唐帝国的没落，广大知识分子政治理想幻灭，他们看不到仕途上的前景，"夕阳无限好，只是近黄昏"，文人群体笼罩在世纪末的绝望哀伤之中。这就进一步促使他们退缩到自我生活的狭小圈子中，及时行乐，自我陶醉，以醇酒美女消磨时光。如温庭筠"初从乡里举，客游江淮间，扬子留后姚勖厚遗之。庭筠少年，其所得钱帛，所为狭邪所费"。①"杜牧少登第，恃才，喜酒色。初辟淮南牛僧孺幕，夜即游妓舍，厢虞候不敢禁。"(《唐语林》卷七)"落魄江湖载酒行，楚腰纤细掌中轻。十年一觉扬州梦，赢得青楼薄幸名。"(杜牧《遣怀》)是当时文人的典型生活方式。"正是在这种都市享乐文化的肥厚土壤里，通过艳丽女性——歌伎演唱的以女性、女色为中心内容的曲子词，恰好充分地适应和满足了广大接受者的消费需要。创作者——都市各阶层文人需要通过描写女色来麻醉自己和宣泄内心的性要求，接受者——都市广大市民更需要欣赏女音女色来满足自己的享乐之欲。"②

  所以，晚唐诗风趋于秾丽凄艳，表现出与晚唐词近似的艺术风格。与李商隐并称的著名诗人温庭筠同时又是香艳"花间词"的开山鼻祖。这一系列具有时代特征性的审美现象，都与中晚唐以来的社会环境的变更密切相关。也就是说，中晚唐以来骄奢华靡的世风，为"曲子词"的创作高潮的到来提供了大好时机，并最终促使词的

---

① 《太平广记》四八九·杂录六"温庭筠"条，中华书局1961年版。
② 刘扬忠《北宋时期的文化冲突与词人的审美选择》，《湖北大学学报》1998年第3期。

委婉言情的文体特征的形成。

2.五代十国的及时行乐

五代十国,"你方唱罢我登场"。在这乱哄哄的历史闹剧中,各个短命小朝廷的君主大都目光短浅,无政治远见,在狠斗勇战之余,只图声色感官享受,沉湎于歌舞酒色。后唐庄宗宠幸宫廷伶官,乃至粉墨登场,最后落得身败名裂的结局。前蜀后主王衍与后蜀后主孟昶,都是历史上有名的荒淫无耻、昏庸无能的帝王,王衍有《醉妆词》津津夸耀自己酒色无度的生活,说:"者边走,那边走,只是寻花柳。那边走,者边走,莫厌金杯酒。"另外一位在词的发展史上做出突出贡献的十国小君主李煜,登基时南唐国势已日趋衰微,风雨飘摇。李煜不思进取,日夜沉醉于醇酒美女的温柔乡中,以声色自我麻痹。他的词也透露出一股华丽糜烂的生活气息,《浣溪沙》说:"红日已高三丈透,金炉次第添香兽。红锦地衣随步皱。佳人舞点金钗溜,酒恶时拈花蕊嗅。别殿遥闻箫鼓奏。"《玉楼春》说:"晚妆初了明肌雪,春殿嫔娥鱼贯列。笙箫吹断水云间,重按《霓裳》歌遍彻。临春谁更飘香屑?醉拍阑干情味切。归时休放烛花红,待踏马蹄清夜月。"这些醉生梦死的小帝王已经将他们的文学创作与纵欲生活紧密地连为一体。

而且,唐末五代的诸多帝王,毫无道德廉耻感。篡唐自立的后梁太祖朱全忠,政治上先背叛黄巢,再颠覆唐朝,朝三暮四,唯利是图。生活上,与多名儿媳乱伦淫乱,恬不知耻。其他五代小朝廷帝王,作风也相似。前蜀高祖王建,也曾强占手下宰相韦庄"姿质艳丽"的宠姬,据说韦庄的《荷叶杯》(绝代佳人难得)、《小重山》

（一闭昭阳春又春）、《谒金门》（空相忆）等，都为此女子而作[①]。富可比国的帝王，供其淫乱的女子还少吗？却要与儿媳行苟且之事或强占臣下宠姬，无耻荒淫，无以复加。上梁不正下梁歪，社会道德之败坏，可想而知。

上述的社会享乐、道德价值体系崩溃这两个方面条件，在晚唐五代都已经具备。文人们在纵情享乐之时，又解除了道德规范的束缚，艳词创作，如雨后春笋，遍地生长，艳词迎来了第一个黄金创作期。"自南朝之宫体，扇北里之倡风"，词人们在这种全新的文体中尽情叙说自己的性爱体验，表露自己的性爱欲望，"花间"创作风气，弥漫了整个时代。在这种淫乐放纵风气弥漫的社会里，文人们还有一种从众心理，大家都在逢场作戏，都填写香艳小词，那就谁也不必对谁进行道德谴责。

3.宋人的享乐之风

入宋以后，社会道德价值体系得以重建，但是，享乐之风依然盛行。宋王朝在建立了自己的政权以后，汲取唐代藩镇割据、臣僚结党、君权式微的经验教训，努力确立君主集权，削弱臣下势力。宋太祖赵匡胤不愿意通过杀戮功臣、激化矛盾的残暴手段来达到集权的目的，而是通过一种类似于金帛赎买的缓和手段，换取臣下手中的权力。宋太祖曾与石守信等军中重要将帅夜宴，劝他们自动解除兵权，"多积金帛田宅以遗子孙，歌儿舞女以终天年。"（《宋史·石守信传》）这就是历史上著名的"杯酒释兵权"故事。所以，赵宋统治者不但不抑制反而鼓励臣下追逐声色、宴饮寻乐的奢靡生活。对

[①] 详见叶申芗《本事词》卷上，《词话丛编》第三册第2301页，中华书局1986年1月版。

待文臣，皇帝也采取类似手段，待遇格外优厚。仅就官俸而言，据考证，宋代比汉代增加近十倍，比清代仍高出二到六倍（详见彭信威《中国货币史》）。生活环境的优越，就使得这些文人士大夫有了充裕的追逐声色享受的经济实力。与历代相比，宋人是最公开讲究生活享受的。文武大臣家养声伎，婢妾成群，已经成为一种社会风气。甚至在官场中、在上下级之间，也并不避讳。据《邵氏闻见录》卷八载：钱惟演留守西京，欧阳修等皆为其属僚。一日，欧阳修等游嵩山，薄暮时分才回到龙门香山，天已经开始下雪，钱惟演特地送来厨师与歌伎，并传话说："山行良劳，当少留龙门赏雪，府事简，勿遽归也。"这种享乐的风气，就是宋词滋生繁衍的温床。

而且，为了通过娱乐来消弭被解除兵权的贵族官僚的反抗，赵宋帝王主动把五代十国留下来的歌伎乐工集中到汴京，并注意搜求流散在民间的"俗乐"，甚至自制"新声"。据《宋史·乐志》载："太宗（赵灵，即赵光义）洞晓音律，前后亲制大小曲及因旧制创新声者三百九十。"又说："仁宗（赵祯）洞晓音律，每禁中度曲，以赐教坊。"当时，许多达官显贵，或流连坊曲，或竞蓄声伎，在宴会及其他场合竞相填写新词。一时间，君臣上下均以能词为荣。宋人记载里以能词而得官爵、以能词而受赏赐的佳话，比比皆是，广为流传。如宋祁因在街上看见宫中车队内一女子，写了一首《鹧鸪天》，宋仁宗知道他曾与宫女相遇之事，便有内人之赐（详见《唐宋诸贤绝妙词选》卷三）。又，宋神宗时蔡挺在平凉写了一首《喜迁莺》，其中有这样几句："谁念玉关人老。太平也，且欢娱，莫惜金樽倾倒。"神宗（赵顼）读此词后，批曰："玉关人老，朕甚念之。枢管有缺，留以待汝。"不久，调蔡为枢密副使（详见《挥麈余话》卷一）。

就是说，到了宋代，道德价值体系虽然得以重建，但是唐末五代以来以歌词写艳情的创作传统已经形成，千百年来文人被压抑被扭曲的性爱心理在这里找到比较自由的表现天地。缺口一经打开，便是"青山遮不住，毕竟东流去"。宋代社会的享乐风气，继续为歌词的繁荣提供适宜的环境。虽然部分词人成名之后要"自扫其迹"，以为表现性爱为主的小词玷污了自己的名声。但是，多数文人已经不太在乎这一点。他们公然享受醇酒美女，公然描述自己的性爱体验，公然宣泄自己的性爱心理。连始终板着面孔做人正经得不能再正经的理学家程颐，听到晏几道《鹧鸪天》"梦魂惯得无拘检，又踏杨花过谢桥"，也"笑曰：'鬼语也！'意亦赏之"。[①]翻检两宋词，"执手相看泪眼，竟无语凝噎"（柳永《雨霖铃》）之送别，"弄笔偎人久，描花试手初"（欧阳修《南歌子》）之相聚，"两情若是久长时，又岂在朝朝暮暮"（秦观《鹊桥仙》）之誓言，"锦幄初温，兽香不断，相对坐调笙"（周邦彦《少年游》）之寻欢，"花自飘零水自流，一种相思，两处闲愁"（李清照《一剪梅》）之思念，"韦郎去也，怎忘得、玉环分付"（姜夔《长亭怨慢》）之嘱托，触目皆是，成为歌词创作的主流倾向。

而后，元曲、明清小说等文体，也就承接唐宋词之后，公然表现男女情欲。所以，唐宋词体的兴起，不仅仅是文坛上出现了一种全新抒情诗体式，而且还为表现人们的性爱心理拓展出一片新天地。从这个角度来说，唐宋词对陈腐呆板的封建礼教，是一次猛烈的冲击。学者因此认定："'以艳为美'乃是唐宋词提供给读者的一

[①] 邵博《邵氏闻见后录》卷十九，中华书局1983年8月版。

种最摄人心魂且最沁人心脾的审美新感受"①。词体的独特魅力,以及对古代抒情诗所做出的全新贡献,也体现在这里。

第二节 道是无情却有情

宋词所表达的男女情爱,绝大多数是封建社会男性作家的情爱观,与今天人们所理解的"爱情"并不是一回事。要对宋词所体现的各种价值做客观定位,必须对宋词所体现的男性视角有清醒的认识。

一、宋词创作的游戏规则

宋人恋情词所抒写的绝大多数是士大夫与妓女间的恋情,或直抒文人缠绵之情,或代言歌伎缱绻之意。宋代声伎繁荣,大致可分为官妓、私妓和家妓三类,宋人之风流多情,基本上为这三类歌伎而发。他们于花前月下,杯酒之间,寻觅、追逐声色之乐,摇荡性情,形诸歌咏。似苏轼《江城子》("十年生死两茫茫")与贺铸《半死桐》("重过阊门万事非")之悼念亡妻的作品,数量上微乎其微,可以略而不论。

今人对宋恋情词所抒发的情感及其价值的把握,有肯定和否定两种截然不同的意见。肯定者努力去发现宋恋情词给低贱者以平等之类的闪光点。否定者又简单斥之为表现了文人士大夫沉迷于声色犬马的醉生梦死之糜烂生活。随着用阶级斗争的观点去剖析古人之言行举止的逐渐被唾弃,肯定者的意见渐占上风。论及宋人恋情词,时常能够见到以下流行观点:如欧阳修的恋情词"歌颂了高尚的人

---

① 杨海明《试论唐宋词的"以艳为美"及其香艳味》,《齐鲁学刊》1996年第5期。

的纯真情感，以及在情感背后维系人的平等、尊严和自由的理性思维，表现了中华民族的传统美德"[1]；柳永的恋情词"前提是把妓女当人来看待，给妓女以应有的人的地位"，"带有打破等级观念，否定封建礼教的色彩"[2]；晏几道的恋情词"感情真挚，闪烁着反封建的思想光辉"[3]；周邦彦的恋情词写出"女性在爱的奉献中不丧失自己的人格，男性在美的享受中不侵犯女性的尊严"[4]等等。归纳起来，流行观点是这样的：宋恋情词抒发了对异性的真挚感情，表达了对理想情爱的追求。因为所爱恋的对象绝大多数是社会下层的歌伎，所以，宋恋情词给予她们以人的地位和身份，又闪烁着平等的思想光彩，具有反封建礼教的意义。

1. 宋代文人与歌伎

如何评估宋恋情词所抒发的情感，关键视词人们对歌伎的态度而定。在那个以男性为中心的男尊女卑的封建社会里，以常情常理揆度，面对的又是妇女阶层中最卑贱的歌伎，男性词人高高居上，丝毫不将对方作为一个人来看待，是十分正常的，也是极其普遍的。宋代正是理学形成并走向昌盛的时代，思想趋于全面禁锢。所以，宋恋情词中情感传递之男女双方，并不处于同一层面，女性只是男性泄欲、玩弄的对象，随时可以弃之如敝履。宋人笔记多这方面记载。如庞元英《谈薮》载：

> 谢希孟（直）在临安狎娼，陆氏象山责之曰："士君子乃朝夕与

---

[1] 徐虹《试论欧阳修的恋情词》，《信阳师范学院学报》1989年第4期。
[2] 曾大兴《建国以来柳永研究综述》，《语文导报》1987年第10期。
[3] 张富华《浅论晏几道词的思想意义》，《新疆大学学报》1986年第2期。
[4] 吕美生《古代爱情诗的文化内涵和结构》，《学术月刊》1990年第5期。

贱娼女尼，独不愧于名教乎？"希孟敬谢，请后不敢。它日复为娼造鸳鸯楼……一日在娼所，忽起归兴，遂不告而行。娼追送江浒，泣涕恋恋。希孟毅然取领巾，书一词与之云："双桨浪花平，隔岸青山锁。你自归家我自回，说着如何过？　我断不思量，你莫思量我。将你从前与我心，付与旁人可。"

陆九渊的劝诫，代表了士人的普遍看法。谢希孟的"毅然"，在当时更是备受称赏的勇于改过的行为，所谓错而知改，善莫大焉。谢直能将情感斩断得如此干净利索，且能超脱到劝对方移情他恋，不如说词人本身就没有真正付出情感，只是一度耽于淫乐而已。词人此处幡然醒悟，断然离去，难保他日不再度缱绻，因为"天涯何处无芳草"！此次不辞而别之绝情，大约是欢场喜新厌旧的常态，是供词人茶余饭后闲谈的一段艳事。相比之下，那位追送到江边"泣涕恋恋"的娼女，显得又可笑，又可怜，又可贵。

在男性词人心目中，女子不过是身外之物，供一时尽兴，可以随意抛弃或转赠他人。姜夔以《暗香》《疏影》得范成大欢心，范即以家伎小红相赠。辛弃疾为其妻延医疗病，则以家伎整整酬医，并口占《好事近》说："医者索酬劳，那得许多钱帛。只有一个整整，也合盘盛得。下官歌舞转凄凉，剩得几枝笛？觑著这般火色，告妈妈将息。"这些竟然都成词坛佳话，被人们津津乐道，却从没有人关心过被当作物品递传的小红、整整的感受如何。在范成大、辛弃疾以及广大的传说这些"佳话"的文人士大夫心目中，恐怕没有意识到小红、整整也是人，也有自己的个性与爱好，有自己的择偶标准与情感寄托对象，有自己的喜怒哀乐。至于文人与娼妓生死相恋、白头偕老的浪漫故事，只有在戏剧与小说的虚构中才可以寻觅一二，现实中只有"始乱之，终弃之"的悲剧。江少虞《宋朝事实类苑》卷70记载北宋这样一件令人发指的事：

> 杨学士孜，襄阳人。始来京师应举，与一娼妇往还，情甚密。娼尽所有以资之，共处逾岁。既登第，贫无以为谢，遂给以为妻，同归襄阳。去郡一驿，忽谓娼："我有室家久矣。明日抵吾庐，若处其下，渠性悍戾，计当相困。我视若亦何聊赖？数夕思之，欲相与咀椒而死，如何？"娼曰："君能为我死，我亦何惜！"即共痛饮。杨素具毒药于囊，取以和酒，娼一饮而尽，杨执爵谓娼曰："今倘偕死，家人须来藏我尸，若之遗骸必投诸沟壑，以饲鸱鸦。曷若我葬若而后死亦未晚。"娼即呼曰："尔狂诱我至此，而诡谋杀我！"乃大痛，顷之遂死。

翻开宋人笔记，骂妓、殴妓、侮妓之事时时可见，这在当时是十分正常的，不触犯任何伦理道德条律。具有这样"妇女观"的文人士大夫，在特定的环境中受欲望的刺激而迸发出来的创作激情，能与"真挚情感"画等号吗？往往是脱离了这种特定环境，情绪就随之消失；改变了这种特定环境，情感就随之转移。因此，宋词人都是"蝶恋花"式的多情爱恋，见一个爱一个，处处留情，主宰他们的主要是一种逢场作戏的娱乐之情。胡仔《苕溪渔隐丛话》前集卷五七引《冷斋夜话》说：

> 东坡镇钱塘，无日不在内湖。尝携妓谒大通禅师，师愠形于色。

东坡作长短句，令妓歌之曰："师唱谁家曲，嗣风宗阿谁？借君拍板与门槌，我也逢场作戏莫相疑。　溪女方偷眼，山僧莫皱眉。却嫌弥勒下生迟，不见阿婆三五少年时。"

这首《南柯子》之戏谑的语调与词中的自白，都清清楚楚地说明了词人与各级厮混时所持的态度与所付出的情感。这种逢场作戏的态度，恐怕古今同理，宋代以后乃至今人招呼"三陪女"，难道不是持这种态度吗？像这样在现实生活中十分简单明了的问题，不知为何一进入古诗词、一经研究者分析，就变得特别复杂玄妙。坡老生性坦率，直言道出，省却今天研究者许多拔高猜测古人的时间。

宋人这种游戏态度，还表现在歌伎即席乞词、敷衍成篇之时。此时，词人甚至不需要创作激情的驱动，只是依照一定的成规，应酬填写。《绿窗新话》卷上引《古今词话》说：

涪翁（黄庭坚）过泸南，泸帅留府。会有官妓盼盼性颇聪慧，帅尝宠之。涪翁赠《浣溪沙》曰："脚上鞋儿四寸罗，唇边朱麝一樱多。见人无语但回波。

料得有心怜宋玉，只应无奈楚襄何。今生有分向伊么？"

黄庭坚以细腻的笔法描绘了盼盼的绝色容貌及风情万种。如果没有词话本事的流传，后人大约又可以做这样的分析：黄庭坚与某歌伎偶尔相遇，接受了对方一见钟情的"回波"，彼此心意无言相通，即以多情"宋玉"自喻，以至分手之后仍对"今生"与伊缘分向往不已，念念难忘。其中包含了对歌伎人格的尊重，不乏某种平等的色彩与真挚的情感云云。与本事比照，即发现今人"读词法"的滑稽。宋词中有大量的即席应歌之作，或本事记载，或序言小传，都能够清楚地说明词人的游戏态度。后人的研究往往脱离开那个历史环境，甚至不顾人之常情，沿袭或设置了一种观点之后，去机械套解古人，有很大的随意性。这种阅读方式，就是阐释学所谓的"盲目的先见"。

2.游戏规则

如果认真将宋人的恋情词加以归纳分析，就会发现宋人在游戏创作中大约遵循着一定的游戏规则：即夸耀歌伎的容貌艳丽与技艺出众，以及这位色艺双绝之女子对自己的温柔多情。隐藏于这种游戏规则背后的心理成因则是：以幻觉的己身在众多女性心目中的崇高地位来反证自己的才学与地位，从而获得心灵上的自我抚慰。他们根据环境、人物之不同，以熟练的技巧将类似的内容加以变化组合，作品中流动着的是词人刹那间由对方容貌或技艺刺激而引发的激情，以至分手多年后仍然难以忘怀。归根结底，宋词人所抒发的是一种享乐乃至淫乐之情，缺乏生命意义上的独立自主的个性追求，与现代性爱相距甚远，无论如何也不能将其上升到"爱情"的位置而对其大唱赞歌。试以周邦彦的《瑞龙吟》为例：

章台路。还见褪粉梅梢，试花桃树。愔愔坊陌人家，定巢燕子，归来旧处。　　黯凝伫。因念个人痴小，乍窥门户。侵晨浅约宫黄，障风映袖，盈盈笑语。　　前度刘郎重到，访邻寻里，同时歌舞。唯有旧家秋娘，声价如故。吟笺赋笔，犹记燕台句。知谁伴，名园露饮，东城闲步。事与孤鸿去。探春尽是，伤离意绪。官柳低金缕。

归骑晚，纤纤池塘飞雨。断肠院落，一帘风絮。

　　此词写故地重游之恋旧伤离之愁绪。关于此词的章法、句法，讨论已多，无须赘言。而牵涉"伤离意绪"的男女双方，仍需做一番"历史还原"的评估。男性抒情主人公故地重游时，清晰地回忆起当年在此地艳游的经历，尤其是那位与他曾经有过一段缠绵之情的青楼坊陌风尘女子。"个人痴小"，言其娇小天真，玲珑可爱，初度接客，未失淳朴，这是一位雏妓。"乍窥门户"，既指其初涉风月场，依然有清新之感；又指其半掩门户、欲藏还露之招徕嫖客的职业手段，给人以"犹抱琵琶半遮面"的羞涩感与朦胧美感，这是最能逗引嫖客神魂荡漾之处。"浅约宫黄"，写其薄施脂粉，不掩天生丽质。"障风映袖，盈盈笑语"，写其略解风情，倚门卖笑，这是职业训练的结果。当然，上述这一切，对特定的词人来说，都似乎是向他一人展示的，奉献的，卖弄的。歌伎的职业表现，在词人的幻觉中都是多情的证据。所以，"吟笺赋笔，犹记燕台句"，便用李商隐作《燕台诗》、洛阳女子柳枝闻之起爱慕之心的故事，写这位女子的知音赏诗。于是，一切解释得合情合理，原来这位雏妓对词人如此脉脉多情，是因为迷恋上词人的才华出众，诗名远播。这样一位既美丽又多情的歌伎，词人自然也是爱慕不已，别后则常常思恋，重来时就有了物是人非的"伤离意绪"。这首词，都是"夫子自道"，包括女性心理的揣摩。自然，词中的主动示爱者也是那位女子。整首词的叙述模式，正符合上述的"游戏规则"。

　　古人诗词中的这种以为天下异性都愿意对他投怀送抱的自我良

好感觉，有很少的可信成分在里面。唐李商隐之《杂纂》叙古代人情世态，特将"说风尘有情"立为"谩人语"，就是对文人士大夫这种感觉良好、以自我为叙述中心的摧毁。其实，在《瑞龙吟》里，已经透露出个中消息。"旧家秋娘，声价如故"，便告诉了伊人移情别恋的现况，以及词人被冷落遗弃之后的辛酸苦涩。或者，根本称不上"移情"，风月场中送往迎来，有何情可言？最多是词人的自作多情。

柳永这一类作品更多。他浪迹江湖，随处留情，视歌伎为消愁解闷的玩物。他向往"是处王孙，几多游妓，往往携素手"（《笛家弄》）的艳冶生活，期待"更阑烛影花阴下，少年人、往往奇遇"（《迎新春》）的意外艳遇，总是以江湖浪子"邪狭"的目光炯炯地盯着众多女性。其《斗百花》说：

满搦宫腰纤细，年纪方当笄岁。刚被风流沾惹，与合垂杨双髻。初学严妆，如描似削身材，怯雨羞云情意。举措多娇媚。　争耐心性，未会先怜佳婿。长是夜深，不肯便入鸳被。与解罗裳，盈盈背立银釭，却道你但先睡。

柳永此度赏玩的也是一位"年纪方当笄岁，刚被风流沾惹"的雏妓。她宫腰纤细，双髻下垂，初学严妆，娇媚羞涩，一身的风流。词人的目光是带着淫亵味的，他已经自然联想到男女"云雨"的美事。这样既解风情、又不失清新的雏妓，最得狎客欢心。从上阕的叙述描写中就知道词人已酥了半身。下阕词人用似怨实怜的语气，所表达的仅仅是急于发泄的性欲。偏偏这样一位可心佳人"不肯便入鸳被",柳永无所顾忌地用俚言俗语将自己的"猴急"心态赤裸裸地表现出来。这种狎妓病态心理在当时的病态社会里,反而显得十分正常,被众人、乃至社会文化所认可。民间流传了众多柳永狎妓的故事,都是用津津乐道、羡慕不已的口吻叙述着的。"众名妓春风吊柳七",故事里甚至将这种病态心理与幻觉延续到辞世之后。

绝大多数宋恋情词,都摆脱不了这种创作心态和叙述模式,都遵循上述的"游戏规则"。依照"游戏规则",进入词人视野的歌伎都是那么美丽,"燕燕轻盈,莺莺娇软"(姜夔《踏莎行》),"眼波回盼处,芳艳流水。素骨凝冰,柔葱蘸雪"(吴文英《齐天乐》)。如果对方不美丽,词人还有什么面子?自我感觉良好的"自恋"幻觉又如何维系?这些女子不仅美丽,而且同样都是多情的。相聚时,"锦帐里低语偏浓","许伊偕老"(柳永《两同心》);分别时,"执手相看泪眼,竟无语凝噎"(柳永《雨霖铃》);分手后,"衣带渐宽终不悔,为伊消得人憔悴"(柳永《蝶恋花》)。这样一种程序,已经成为填词的"俗套"。

但是,一种幻觉持续不断,往往使幻觉者误入歧途,信以为真。以此眼光观察女性世界,便处处留下男性视角的痕迹。仕途的奔波飘零中,离多聚少,男性词人理所当然地推断:"想佳人、妆楼颙望,误几回、天涯识归舟"(柳永《八声甘州》);"遥知新妆了,开朱户、应自待月西厢"(周邦彦《风流子》)。这种腐旧的男性中心的全景视角,是宋恋情词的基调。周作人在《妾的故事》中曾辛辣地讽刺说:"旧时读书人凭借富贵,其次是才学,自己陶醉,以为女人皆愿为夫子妾。"宋恋情词中,这样的意识表现得十分突出。秦楼楚馆偶然相逢，歌舞酒宴蓦然相见，便认为一切女子必然地要为自己的才学、风度、气质、地位、富贵所倾倒，争先恐后地做出爱与性的奉献。于是，歌伎职业性的一笑一颦，一举手一投足，都为文人提供了无限绮丽遐想之细节依据。"记得小蘋初见，两重心字罗衣，琵琶弦上说相思"（晏几道《临江仙》）；"低鬟蝉影动，私语口脂香"（周邦彦《意难忘》）；"含羞整翠鬟，得意频相顾"（欧阳修《生查子》）等等。

在男性词人看来，他们永远是女性心目中的白马王子。仕途失意、江湖落魄时，更需要在幻觉中维系自己"白马王子"的形象，以女性的奉献来证明自身存在的价值，以摆脱人生价值幻灭的失落，保持心理上的平衡。这是一种典型的"自恋"情结。周作人提及的"妾的故事"，正好发生在宋代，是一则很好的讽刺材料。王明清《挥麈后录》卷七载：

君猷后房甚盛，东坡尝闻堂上丝竹，词中谓"表德原来字胜之"者，所最宠也。东坡北归，过南都，则其人已归张乐全之子厚之恕矣。厚之开燕，东坡复见之，不觉掩面号恸，妾顾其徒而大笑。东坡每以语人，为蓄婢之戒。

苏轼因"乌台诗案"谪居黄州，州守徐大守（字君猷）礼遇东坡，时出家伎，檀板金樽娱客，最受东坡青睐的就是这位胜之。有《减字木兰花》描写胜之舞后娇姿，下阕云："曲穷力困，笑倚人傍香喘喷。老大逢欢，昏眼犹能仔细看。"胸中难免一丝绮念。岂知再度相逢，竟发觉这位多情女子的"无情"一面，不禁大为失落，失态到大声号恸。其实,"多情"才是虚象,是士大夫的自我感觉良好。胜之的大笑是对文人士大夫性爱自我中心幻觉的一种粉碎,东坡的号恸和劝戒则是男性绝对高高凌上的价值观的流露。所以,周作人继续讽刺说:"东坡显示出十足士大夫思想。以为玩弄女人,就永远属于他们。胜之的大笑却是更有意思,这笑率直而大胆。真胜过一篇猛烈的抗议文了。"

宋词人这种"自恋"心态之表现,晏几道是一个典型例子。他经历了一段由富转衰的生活大变化,其恋情词大都是回忆往日的富贵美好生活,纵情声色的享受。在晏几道的想象中,无论是过去,还是眼前,他始终被众多女性簇拥和追求,词人用这种幻觉来恢复失意落魄的心理失衡。①

二、官场失意的情绪转移

宋恋情词的另一大类是特定的环境中而别有寓意。这些词在创作方法上,虽然依旧遵循上述游戏规则,但是内涵却更为复杂。

1. 宋代知识分子的人生追求

古代知识分子,实现自我人生价值的唯一途径是进入仕途,博取高官厚禄。一方面,可以施展个人抱负,齐国平天下;另一方面,又可以光宗耀祖,扬名天下。"学而优则仕",这是中国古代文人梦寐以求的。

隋唐以来,逐渐建立起严格完善的科举考试制度,为文人进入仕途开辟了一条有保障的正常途径。宋代科举彻底取消了门第限

---

① 详见拙著《心灵的避难所——论晏几道的恋情词》,《求是学刊》1993年第4期。

制，社会各阶层的优秀子弟都被允许应试入仕。同时废除"公荐"制度，推行弥封、誊录之法以严格考试制度，最大限度地防止了考场内外的徇私舞弊活动，以保证科举考试中"一切以程文为去留"的公平竞争原则的实施。通过科举取士，帝王也有意识地让下层知识分子进入仕途，在国家政治生活中发挥重要作用。进入仕途后，这些来自下层的知识分子也成为文人士大夫阶层的主体部分。如太宗时的宰相张齐贤，"孤贫力学，有远志"；名臣王禹偁"世为农家，九岁能文"；真宗、仁宗时的宰相王曾"少孤，鞠于仲父宗元，从学于里人张震，善为文辞"；名臣范仲淹"二岁而孤，母更适长山朱氏"；欧阳修"家贫，至以荻画地学书。幼敏悟过人，读书辄成诵"（均见诸人《宋史》本传）。这些人都依赖科举进入官场，位至显赫，成为宋室的腹心大臣，宋代统治者所信任和托付国事的就是这个阶层的文人士大夫。

科举制度的完善，大大激发了宋代文人追求功名事业的热情。他们为了施展才能抱负，为了寻求功名富贵，为了光宗耀祖，发愤苦读。宋真宗还作《劝学文》说："书中自有千钟粟""书中自有黄金屋""书中车马多如簇""书中有女颜如玉"（《古文真宝》卷首）。这一切并不是空头许诺，是实实在在的现实。北宋蔡襄说：

今世用人，大率以文词进。大臣，文士也；近侍之臣，文士也；钱谷之司，文士也；边防大帅，文士也；天下转运使，文士也；知州，文士也。(《端明集》卷22《国论要目》)

太祖、太宗对文人士大夫的渴望，对读书的崇尚，以及对武人的防范，逐渐形成了"重文轻武"的基本国策，演化为宋人"以文为贵"的思想意识，并积淀成一种下意识的心理仰慕和追求。宋人求学读书之风甚盛，"为父兄者，以其子与弟不文为咎；为母妻者，以其子与夫不学为辱。"（《容斋随笔》四笔卷五）历年参加贡举的人数不断增加，太宗即位第一次贡举时（977），已有5300人参加考试；真宗即位第一次贡举时（998），激增到2万人。北宋晁冲之《夜行》诗说："孤村到晓犹灯火，知有人家夜读书。"风气之盛，一至于此。

宋代帝王倚重文臣，以文治国，便有一系列的尊崇文人士大夫的措施出台。首先，宋代统治者改革科举制度，拓宽文人的发展道路。录取名额也大量增加，宋真宗时一次录取竟达1638人之多，宋仁宗时又规定一次录取以400人为限。而且增加殿试，由皇帝亲自主持，考中者均为"天子门生"，荣耀无比。进士及第，即释褐授官，升迁极快。人们对状元更是狂热崇拜。其次，宋代统治者宽厚待士。宋太祖曾立下誓碑，不许杀士大夫和上书言事者。北宋没有诛杀大臣之事。南宋权力之争复杂化，出现权臣独断、宫廷政变等白热化的权力争夺事件，然诛杀大臣之事依然极少。宋代还将有才华的文学之士选入馆阁，侍奉于皇帝左右，"高以备顾问，其次与议论，点校雠，得之为荣。"（《宋史》卷162《职官志》）再次，宋代统治者所依赖的是位于权力核心的中枢大臣，因此这些大臣的俸禄十分丰厚，为官收入名目繁多。

2. 仕途失意与宋词创作

宋代极大地扩充科举录取名额，此外，还有"恩荫"等制度为人们广开宦进之门，其直接的结果就是导致官僚机构庞大，人浮于事。朝廷政策的制定与贯彻实施的热情，大都在相互扯皮中白白消耗。并且，宋王朝从建国开始，就遵循一条保守治国的方针。宋太宗以后的帝王，都没有开拓创新精神，只求守成。宋神宗虽想有所作为，却也是一直徘徊不定，犹豫不决。南宋史学家吕中说："我朝善守格例者，无若李沆、王旦、王曾、吕夷简、富弼、韩琦、司马光、吕公著之为相；破格例者，无若王安石、章子厚、蔡京、王黼、秦会之之为相。考其成效，验其用人，则破格例者诚不若用格例者为愈也。"（《宋大事记讲义》卷六）在这样的社会思潮、心理定势包围之下，积极要求有所作为的官僚也要被逐渐磨去棱角，或到处碰壁，折断翅膀，甚至身败名裂。所以，宋人趋于保守、平庸。

保守平庸的社会，自然要扼杀人才。宋代知识分子虽然能够进入仕途，有"先忧后乐"的报国精神，但是，却很少有人真正施展才能，实现个人的抱负。反过来，等待他们的总是官场险恶和仕途风波。异域贬谪或失意流落，是多数宋代文人士大夫所必须经历的。遭受挫折时的情绪动荡，往往成为文学表现的主题。宋人用诗歌来抒写仕途失意的愤懑和牢骚，同时也表现到歌词之中。

宋词人中有大量的仕途失意、价值幻灭者，他们放纵声色，以醇酒美女自慰，也以此来发泄愤恨和牢骚。柳永落第后高唱："烟花巷陌，依约丹青屏障。幸有意中人，堪寻访。且恁偎红倚翠，风流事，平生畅，青春都一饷。忍把浮名，换了浅斟低唱。"（《鹤冲天》）辛弃疾失意时也说："倩何人，唤取红巾翠袖，揾英雄泪。"（《水龙吟》）这时候，文人士大夫把更多的注意力投向歌儿舞女，有时也发出一些"同是天涯沦落人"的感慨。其意图是借他人之酒杯，浇自己之块垒。词人的失意于是自觉或不自觉地渗透到恋情词中，借歌伎之种种表现，以发泄内心的怨气。柳永《凤栖梧》说：

帘下清歌帘外宴。虽爱新声，不见如花面。牙板数敲珠一串，梁尘暗落琉璃盏。　桐树花深孤凤怨，渐遏遥天，不放行云散。坐上少年听不惯，玉山未倒肠先断。

"坐上少年"善辨乐声，听出歌伎演奏的乐声中有怨愁之意，为之肠断，听者与演奏者获得一种心灵上的共识。然而，宋代歌伎在酒宴间演奏相思艳曲，诉说离愁别怨，以娱宾遣兴，是很常见的。"坐上少年"之所以能够牵动悲怀，其真正原因恐怕就是自身的遭遇。当词人处于痛苦之中时，周围的一切都能牵引出他的愁绪，无论是"萧萧落木"之秋日，还是"惨绿愁红"之春季，"一切景语皆情语"。所有的景物都为词人的情感而设置，歌伎的缠绵之情或坎坷生涯也是触动词人悲怀的一项环境因素。秦观作《水龙吟》寄营妓娄婉，下阕说："玉佩丁东别后，怅佳期、参差难又。名缰利锁，天还知道，和天也瘦。花下重门，柳边深巷，不堪回首。念多情，但有当时皓月，照人依旧。"词写"不堪回首"的离别痛苦，却牵引出"名缰利锁"的牢骚，事实上是仕途不得志的反语。在作品中歌伎的作用，与其他外景外物一样，仅此而已，不能再拔高到"平等""反封建"的高度。

这种情绪更多地流露在羁旅相思之作中。词人或为生计所迫，或因仕途挫折，长年累月奔波于旅途，滞留于他乡，劳顿困苦，风尘仆仆。于是，曾经拥有过的相对安定的生活就值得反复回忆、留恋，用来反衬眼前的颠沛流离，强化抒情效果。美好的时光，往往由回味隽永的事件点缀、联结而成。词人的一度风流艳遇，或与某歌伎的一段旖旎往事，最令人心驰神往，追慕不已。旅途中当然会时时想起，咀嚼品味，以慰孤寂。秦观《望海潮》说："长记误随车，正絮翻蝶舞，芳思交加。柳下桃蹊，乱分春色到人家。"还算不上一次真正的艳遇，只不过是认错了人、跟错了车而已；或者是被对方美色所惑，故意跟错车。对此，词人便常常回忆，连细节都十分清晰，因此又生出多少温柔的遐想。这种遐想，会随着词人处境的愈益艰难，而不断地增加虚构安慰自己的幻觉成分。

在旅途之中，词人较深入地体验了人生的痛苦，不得志的苦闷与离别的相思，所以，其抒发的情感显得十分真挚，名篇迭出。欧阳修《踏莎行》说："离愁渐远渐无穷，迢迢不断如春水。"柳永《雨霖铃》说："今宵酒醒何处？杨柳岸、晓风残月。此去经年，应是良辰好景虚设。便纵有千种风情，更与何人说！"姜夔《踏莎行》说："别后书辞，别时针线，离魂暗逐郎行远。淮南皓月冷千山，冥冥归去无人管。"这些词都脍炙人口，传播甚广。

但是，词人所抒发的情感仍紧紧围绕着自我，对某一次艳遇或某一位歌伎的留恋，深层原因是不得志原因的转移与宣泄，哪怕是一种无意识的渗透。周济《宋四家词选》评秦观词说："将身世之感，打并入艳情，又是一法。"其实，这种方法的运用，在宋恋情词中极为常见，尤其是在写羁旅行役之别离相思的作品之中。这种作风，南唐冯延巳已肇其始，其《鹊踏枝》说："几日行云何处去？忘了归来，不道春将暮。百草千花寒食路，香车系在谁家树？""屏上罗衣闲绣缕。一晌关情，忆遍江南路。夜夜梦魂休谩语，已知前事无寻处。"冯煦《阳春集序》评价说："俯仰身世，所怀万端；缪悠其辞，若显若晦。"

这种作风，在宋词的创作中形成一个源远流长的传统。有时词人抒写思恋之情，甚至完全是"伤心人别有怀抱"。辛弃疾《青玉案》下阕说："娥儿雪柳黄金缕，笑语盈盈暗香去。众里寻它千百度，蓦然回首，那人却在，灯火阑珊处。"这位不慕荣华、自甘寂寞的意中人，仿佛就是词人孤高脱俗、清苦自任的自我形象写照。即使那些寄寓意义不太明显的羁旅行役之作，读者也可以从中品尝出经历风波险恶的丝丝缕缕苦涩之情。在这些作品中，"身世之感"是主要情绪，或者可以称之为情绪的心理背景，"艳情"则是表层次的描写。所以，不能将此时所抒发的相思苦痛之情感与真挚爱情简单画等号。可以设想，假如词人再度春风得意，身世苦痛随之消失，又有新的美酒娇娃相伴，必定是"一日看尽长安花"之得意忘形，而不会对一段旧情眷眷不已。

此外，宋词人失意时所作的少量恋情词，直接倾诉歌伎的新声，向来备受称道，是"平等"说的主要依据。如果结合词人的遭遇和歌词的上下文，仍然能品味出词人的"别有用心"。柳永《迷仙引》下阕说："已受君恩顾，好与花为主。万里丹霄，何妨携手归去。永弃却，烟花伴侣。免教人见妾，朝云暮雨。""万里丹霄"以下辞句，被学者反复征引，柳永因此获得一片称誉声。回到原文就能明白，这段心事表白是由"已受君恩顾，好与花为主"引发出来的，仍然是用来烘托男性主人公，就是词人科举落第时所痛苦叫喊的"幸有意中人，堪寻访"，思维和叙述方式都是属于"周公"式的。

又如晏几道的《浣溪沙》说："日日双眉斗画长，行云飞絮共轻狂。不将心嫁冶游郎。　溅酒滴残歌扇字，弄花熏得舞衣香。一春弹泪说凄凉。"刘永济先生的《唐五代两宋词简析》分析说："作者自身亦具有此种矛盾之痛苦，亦同有此舞女之个性，故能体认真切。此舞台，直可认为作者己身之写照。"

第二章 北宋词

北宋是词的成熟和勃兴的时期。北宋初年，歌词创作曾经沉寂了一段时间。到了真宗末年，歌词创作走向全面繁荣。而后，不同题材、不同风格、不同流派的作品相继涌现，蔚为大观，为后人创作提供了诸多借鉴。

第一节 晏欧词风

燕乐作为一种新兴的音乐体系，人们对其必须有一个熟悉的过程。尤其是燕乐中相当部分来自外域，即所谓的"胡乐"，与中原文人的创作也有一个逐渐适应配合的过程。在这初始的熟悉、适应阶段，文人的创作也遵循着从易到难的原则，最先引起人们注意并得到广泛喜爱的是那些篇幅短小、精练含蓄的小词，就是"小令"体式。

小令首先获得广泛喜爱，还与它的特殊创作环境有密切关系。据夏承焘先生考证：唐代小令出于酒令[①]。作为酒宴之中演唱的歌词韵语之特殊称呼的"小令"，最早见于白居易的《就花枝诗》："醉翻

[①] 详见夏承焘《令词出于酒令考》，《词学季刊》第三卷第二号。

衫袖抛小令，笑掷骰盘呼大采。"酒令是用来侑酒助觞的，酒令的语辞内容如果陈陈相因，失去新鲜感，就不能很好地发挥作用。所以，为了酒宴之间的助兴取乐，文人们往往喜欢各显才能，争奇斗艳，不断地为旧的酒令形式填写新的内容。文人的这些即席创作当然要交给歌舞乐伎当宴表演，才能获取预料中的侑酒助觞之效果。而这种创作趋势的出现是在"安史之乱"以后，当时宫廷的教坊歌舞声乐逐渐被各类官家与私人的宴席伎乐所代替，在这种酒宴游戏之中文人的即席创作与乐伎的即席歌舞演唱相结合，就促使普泛的酒令向专门化的小令演变[1]。酒令的目的既然落实在"侑酒助觞"之上，因此必须选择"短歌悦耳，无致人厌"（清张茞《彷园酒评·酒德》）的篇幅短小的歌舞形式，于是，酒令中具有喧腾急促音乐风格的酒令形式首先获得文人的青睐，如《回波乐》《倾杯乐》《三台》《抛球乐》《荷叶杯》《上行杯》《酒泉子》等等，这就奠定了小令精练含蓄的形式特征。曲子词的兴盛，最重要的一个原因就是适应了人们对生活享乐的追求。由酒宴上游戏之作的酒令演变而来的小令，当然首先引起文人的注意，很快在文人中寻觅到众多的知音。

　　北宋前期，百废待兴，内忧外患交织。太祖朝，既要平定国家内部后周遗留势力与跋扈军人的不满与反叛，又要抗击契丹入侵、消灭割据势力、统一全国。太宗朝，国家将主要精力转向对付外族契丹，太宗企图凭借武力收复五代时候割让给契丹的失地，多次发生大规模战争，但是却以宋廷的大败告终。太宗朝对契丹的战争，改变了宋、辽之间军事力量的强弱之势，真宗朝前期北宋就始终处于契丹的军事威胁之下。一直到真宗景德元年（1004），宋辽订立

---

[1] 参见王小盾《唐代酒令与词》，《文史》第三十辑。

"澶渊之盟"，北宋才相对获得国际与国内的安定平静的社会环境。所以，在北宋建国长达半个多世纪的时间内，达官贵人、文人士大夫还没有充裕的时间、闲暇的精力，去彻底享受生活，从容领略醇酒、美女、歌舞。况且，新王朝的建立也意味着道德评价体系的重建，文人们更多了一些道德上的约束。这一时期，词坛上的创作也是相对孤寂的，只有个别作家的零星创作。

由于时代动乱、改朝换代对词的创作形成冲击的缘故，北宋初期相当长的时间内并没有更多地积累多少词的创作经验，对北宋前期词人来说，依然存在着一个熟悉燕乐、熟悉长短句形式、努力做好音乐与歌词相配合的过程，所以，他们最初选择并喜爱上的也仍然是短小精悍、易于驾驭的小令形式。就内容与风格看，这一时期的词人词作，大体上是继承"花间"、南唐二主和冯延巳的词风。其中，受冯延巳的影响更为明显。他们所写的，仍就是春恨秋愁，伤离念远，恋情相思或咏物酬唱，但是，比起唐五代词来，已有很大的发展。北宋前期的文人士大夫大都高官厚禄，生活舒适，如寇准、晏殊官至宰相，范仲淹、欧阳修官至参知政事（副宰相）等等。他们没有唐末五代文人之家国濒临困境的压抑和绝望，而是以一种朝气蓬勃、乐观向上的精神对待现实生活。政事闲暇，则又从容不迫、理所当然地享受生活。所以，北宋前期小令就没有了唐末五代的及时行乐、唯恐时日无多的急迫感和看不到国家与个人出路时的绝望感，而别具一种雍容富贵的气度、平缓舒徐的节奏、雅致文丽的语言。这一时期的小令创作尽管在内容上和唐五代小令相比没有大的突破，但词的风貌、词的艺术手法已与唐五代有所不同，尤其是两者在气质上呈现出显然不同的风貌。北宋前期的小令作家，社会地位不同、个性互有差异、爱好各自异趣，他们的创作也表现得千差万别，词坛上呈现出百花争妍的繁荣局面。小令创作在这一时期已达到完全成熟的阶段，在小令创作方面给后人留下典范性的启示，在艺术上为宋词的高度繁荣做了充分准备。

这一时期小令作者为数众多，如王禹偁、潘阆、林逋、宋祁、范仲淹、张先等等，最为杰出的是晏殊和欧阳修。

一、北宋词初祖——晏殊

晏殊（991—1055），字同叔，抚州临川（今江西临川）人。幼孤，7岁能文，乡里号为"神童"。真宗景德元年（1004）14岁时张知白以神童荐入试，赐同进士出身。擢秘书省正字。天圣三年（1025）35岁时自翰林学士、礼部侍郎拜枢密副使，自此进入二府。明道元年（1032）再入二府，为参知政事。康定元年（1040）迁知枢密院事。庆历三年（1043）拜相。至和二年（1055）卒，谥元献，世称晏元献。有《珠玉词》三卷，存词一百三十余首，几乎都是短小的令词。

1."贵族式"的哀愁

晏殊一生的经历相对平稳，他虽然有过贬谪但并不长久，过早进入官场且很快进入上层官僚集团，使得晏殊大半生都在养尊处优。所以，他的歌词就不会有跌宕起伏之情感波折的表现，也没有撕心裂肺的痛苦，所具有的只能是一种"贵族式"的淡淡哀愁，是一些人类必须共同面对的生活难题。《浣溪沙》说：

一曲新词酒一杯，去年天气旧亭台。夕阳西下几时回？　　无可奈何花落去，似曾相识燕归来。小园香径独徘徊。

  歌词所流露的就是因时光流逝而产生的哀苦情绪。晏殊虽然位极人臣，但是他无法挽回流逝的时光，只能"无可奈何"地看着岁月的脚步匆匆离去。宦海风波中，晏殊也免不了有沉浮得失。在官场平庸无聊的应酬中，敏感的诗人当然会时时痛切地感受到生命的无意义消耗。这就是词人在舒适生活环境中也不能避免的"闲愁"，是摆脱不了的一种淡淡的哀伤。所以，在《珠玉词》中有特别多的对岁月无情的感触，《破阵子》说："不向尊前同一醉。可奈光阴似水声，迢迢去不停。"《鹊踏枝》说："门外落花随水逝，相看莫惜尊前醉。"《清平乐》说："暮去朝来即老，人生不饮何为？"面对广袤的时空，个体的渺小感自然产生。万般无奈之下，词人便频频借助"饮酒"来摆脱愁绪的缠绕。

  北宋歌词更多的是在灯红酒绿的环境中创作，描写的往往是男女艳情或相思。这类题材在其他词人笔下，可以结合自己的人生遭遇而写得深挚，以其缠绵悱恻的苦痛打动读者。晏殊的表达，却依然是那样从容不迫。《踏莎行》说：

  小径红稀，芳郊绿遍。高台树色阴阴见。春风不解禁杨花，蒙蒙乱扑行人面。　　翠叶藏莺，朱帘隔燕。炉香静逐游丝转。一场愁梦酒醒时，斜阳却照深深院。

  词人面对绿遍红稀的芳郊景色，面对蒙蒙扑面四处纷飞的柳絮杨花，内心不免荡起春光消逝的情感之波。词人的"愁梦"，隐隐也包含了对酒宴歌女的相思之情。

男女恋情或相思，这是一个令人激情荡漾的话题，平稳如晏殊有时内心也会荡起更多的涟漪。《玉楼春》下阕说："无情不似多情苦，一寸还成千万缕。天涯地角有时穷，只有相思无尽处。"《踏莎行》结句说："无穷无尽是离愁，天涯地角寻思遍。"《蝶恋花》下阕说："昨夜西风凋碧树，独上高楼，望尽天涯路。欲寄彩笺兼尺素，山长水阔知何处。"王国维在《人间词话》中说："古今之成大事业、大学问者，必经过三种之境界：'昨夜西风凋碧树，独上高楼，望尽天涯路。'此第一境也。'衣带渐宽终不悔，为伊消得人憔悴。'此第二境也。'众里寻他千百度，蓦然回首，那人却在灯火阑珊处。'此第三境也。"王氏之所以把词中"昨夜西风"等句，当成"古今成大事业者"必经的三种境界之一，原因在于这首词本身就具有高远庞大的气魄。

2. 雍容富贵的气象

晏殊词总体上表现出一种雍容富贵的气象。强调"气象"是晏殊的审美情趣，也是他的艺术追求。晏殊曾经嘲笑李庆孙《富贵曲》（轴装曲谱金书字，树记花名玉篆牌）说："此乃乞儿相，未尝谙富贵者。故余每吟咏富贵，不言金玉锦绣，而惟说其气象。若：'楼台侧畔杨花过，帘幕中间燕子飞'；'梨花院落溶溶月，柳絮池塘淡淡风'之类是也。"（吴处厚《青箱杂记》卷五）晏殊的诗句，洗净了荣华富贵的庸俗气息，其所表现的是一种高雅的审美情趣。《浣溪沙》说："小阁重帘有燕过，晚花红片落庭莎。曲阑干影入凉波。"《望仙门》说："新曲调丝管，新声更飐霓裳。博山炉暖泛浓香。"《玉堂春》说："小槛朱阑回倚，千花浓露香。脆管清弦、欲奏新翻曲，依约林间坐夕阳。"套用晏殊自己的话来追问一句:"穷儿家有这景致也无?"

晏殊词所追求的"气象"与所蕴涵的深沉哲思,乃是晏殊面对情感的澎湃时能够从容地做理性"冷"处理的结果。晏殊进入词坛并逐渐成为领袖的时期大约都是在仁宗年间(真宗去世时晏殊32岁),这一时期,也是晏殊在仕途上走向鼎盛的时期。仁宗年间,北宋社会相对稳定,"外患"的压迫大大减弱,"内忧"的威胁也还没有明显地表露出来,社会整体上呈现出"太平盛世"的景象。晏殊词中也每每提到这一点:"太平无事荷君恩"(《望仙门》)、"见千门万户乐升平""齐唱太平年"(《拂霓裳》)等等。晏殊本人在仕途上虽然也有风波挫折,但是起伏不是太大,总体上显得比较平稳。晏殊的个性也因为过早地进入官场而被磨得八面玲珑。总之,对晏殊来说,他有着平稳的年代里产生出来的平稳个性。所以,面对情感激荡的时候,晏殊基本不做"火山爆发式"的喷发,而是要做闲雅得体的含蓄表露。这是由环境与个性所决定了的审美取向。晏殊曾明确表示对"闲雅"格调的偏爱,张舜民《画墁录》卷一载:"柳三变既以词忤仁庙,吏部不放改官,三变不能堪,诣政府。晏公曰:'贤俊作曲子么?'三变曰:'只如相公亦作曲子。'公曰:'殊虽作曲子,不曾道"彩线慵拈伴伊坐。"'柳遂退。"这说明晏殊是很不喜欢柳永填写市民所广泛喜爱的俚俗歌词的。柳永以慢词的形式创作大量通俗歌词,掀开了中国词史的新篇章,在历史上有不可磨灭的功绩。晏殊之所以讥柳,是他思想保守一面的具体反映,这与他所处的政治地位、文坛领袖位置密切相关,同时也出自他对"闲雅"的美学追求。他讨厌柳永赤裸裸的表白,而刻意追求一种"温润酝藉"的风格。虽然他的这种偏爱趋于一端，但是他却始终坚持自己的这一追求，并用自己全部精力来从事这种"雅"词的创作，客观上把令词的艺术品位推向了一个新的水平，掀开了宋初令词创作的新篇章。

追求整体词风的"闲雅"，就必须讲究遣词造句、谋篇布局时的精益求精。对词的创作之精益求精，是晏殊毕生的追求。精心构思、反复斟酌的结果，使得《珠玉词》中出现大量对仗工整平稳、语意精妙的名句，如"无可奈何花落去，似曾相识燕归来"；"月好谩成孤枕梦，酒阑空得两眉愁"；"乍雨乍晴花自落，闲愁闲闷日偏长"；"满目山河空念远，落花风雨更伤春"（皆见《浣溪沙》）；"夜雨染成天水碧，朝阳借出胭脂色"（《渔家傲》）；"楼头残梦五更钟，花底离情三月雨"（《玉楼春》）等等。晏殊词语言凝炼自然，形象醇美疏朗，境界浑成圆融，也都显示其精益求精的功力。

但是，从另一个方面来看，当激情汹涌而来时，作者依然能够做冷静"过滤"，不急不慢地表达，也是对自我个性遮掩的一种结果。封建官场是最能磨去人的棱角、消磨人的个性的场所，尤其是宋代职官制度的设置特别有意识地突出官僚集团之间的相互牵制，强调为官的循规蹈矩，这就使得宋代官僚更加平庸化。晏殊14岁时过早地进入官场，从艺术天赋淋漓尽致发挥的方面来看未尝不是一种损失。作为14岁的少年，从心理学的角度分析有着很多的"可塑性"，个性并未定型，将他摁进官场的模子塑造，晏殊因此便练就了玲珑通达、圆滑谨慎的本领，循规蹈矩与谨小慎微成为他性格的鲜明特征。真宗评价晏殊的为人"沉谨，造次不逾矩"（《续资治通鉴长编》卷八十五，以下简称《长编》)，说的就是这个意思。

尽管晏殊对民间流行的通俗歌词以及新兴的慢词持有保守态度，他的许多词作也不能避免平庸的毛病，但他在宋初令词的发展上却有不可磨灭的拓展之功。正如冯煦所说："晏同叔去五代未远，馨烈所扇，得之最先。故左宫右徵，和宛而明丽，为北宋倚声家初祖。"（《宋六十一家词选例言》）晏殊是宋代第一位大量创作歌词的作家，并将小令之创作推到一个圆熟的阶段。

二、个性张扬的作家——欧阳修

欧阳修（1007—1072），字永叔，号醉翁，晚年又号六一居士，庐陵（今江西吉安市）人。欧阳修四岁时父亲去世，家境中落，母亲用芦秆画地教他识字。仁宗天圣八年（1030）登进士第，次年到洛阳任西京留守推官。景祐元年（1034）召试学士院，授宣德郎，试大理评事兼监察御史，充馆阁校勘。二年后，因为范仲淹直言辩护，贬夷陵（今湖北宜昌）县令。庆历三年（1043）知谏院，以右正言知制诰，参与范仲淹等推行的新政变革。后累得升迁，嘉祐二年（1057）以翰林学士知贡举。五年（1060）官至枢密副使，六年（1061）改任参知政事。熙宁四年（1071）以太子太师致仕，居颍州。次年卒，谥文忠。其诗文杂著合为《欧阳文忠公文集》153卷，集中有长短句3卷，别出单行称《近体乐府》，又有《醉翁琴趣外篇》6卷。

1.脱去窠臼的创作

欧阳修是北宋散文、诗、词的大家。对他的散文、诗歌评价比较一致，但对他的词的评价却较为分歧。原因在于欧阳修在歌词中表现出相当张扬的个性，不被时人看好。

首先，欧阳修在歌词中公开讴歌男女情爱。词为"艳科"，以词咏叹描写男女情爱并不足奇，关键是看词人以何种心态对待这一类创作。欧阳修之前的词人，不外乎两种态度：其一，及时行乐、醉生梦死，在温柔乡中忘却人生的苦痛；其二，羞于启齿、遮掩吞吐，既不能摆脱欲望的缠绕，又不敢痛快淋漓地叙说。欧阳修在平庸的宋代士大夫群体中相对而言是一位个性的张扬者，在仕途与私生活两方面都显示出鲜明的个性特征。他对待男女情爱的态度上同样异乎流俗，敢爱敢恨，敢于公然享受醇酒美女，表现自己的自然欲望。有关欧阳修风流游妓的记载多见于宋人笔记。这种恣意享受、无所顾忌的态度表现为歌词之创作，欧阳修便有了大量的描写男女情爱或与歌伎发生种种关联的作品。从词史承袭的角度而言，这一类词沿袭"花间"与南唐的传统，书写惜春赏花、恋情相思、离愁别恨等等情感。欧阳修的目光专注于钟情的女子时，对伊人的外貌打扮、神情体态、歌舞演技就有了细腻而生动的观察与刻画。如《好女儿令》说：

眼细眉长，宫样梳妆，靸鞋儿走向花下立著。一身绣出，两同心字，浅浅金黄。　早是肌肤轻渺，抱著了、暖仍香。姿姿媚媚端正好，怎教人别后，从头仔细，断得思量。

用这样多情的眼光看待身边的女子，无论是现实中的还是传说中的美艳佳人，都能引起词人绵绵的情思。《渔家傲》说："妾本钱塘苏小妹，芙蓉花共门相对。"词的主人公是一位已故的女鬼，即使女鬼也要思春："愁倚画楼无计奈，乱红飘过秋塘外。"当然，这是多情词人情感的外移。词人曾说："燕蝶轻狂，柳丝撩乱，春心多少?"(《洞天春》)真是天下何人不思春?用如此特殊的眼光看待女性世界,所获得的就是这样一种特殊的效果。

从相见倾心到投入爱河有一个旖旎动人的缠绵曲折过程,如果中间再加上一些外力的阻隔,就使得这个过程更加扑朔迷离。《醉蓬莱》描述了这样一个相悦、相恋、幽会、坠入爱河的过程:

见羞容敛翠,嫩脸匀红,素腰裊娜。红药阑边,恼不教伊过。半掩娇羞,语声低颤,问道有人知么?强整罗衫,偷回波眼,伴行伴坐。 更问假如,事还成后,乱了云鬟,被娘猜破。我且归家,你而今休呵。更为娘行,有些针线,诮未曾收啰。却待更阑,庭花影下,重来则个。

有爱河的曾经沐浴,就有离别的痛苦。《玉楼春》上阕说:"尊前拟把归期说,未语春容先惨咽。人生自是有情痴,此恨不关风与月。"真正的痛苦是在离别之后漫漫孤寂煎熬中所品尝到的,所以,欧阳修写别后相思的词也最为动人,名篇迭出。《踏莎行》(候馆梅残)通过离情别恨来写恋情相思的,在当时传播甚广。与情人或丈夫的分别有多种多样的原因,或者是仕途奔波,或者干脆就是被抛弃。处于相同孤独中的女子,同样是思念是痛苦,心理背景却大不相同。欧阳修词可贵的是接触到类型如此不同的女子,并深入到她们的内心世界。《蝶恋花》(庭院深深深几许)写一个上层妇女的悲哀。她丈夫整天在外寻欢逐乐,恣情游荡,而她自己却被幽囚于深闺之中,独守空闺,任青春流逝,无法掌握自己的命运。他人笔下多写歌伎,欧阳修却有了新的拓展。

其次，欧阳修能以多种题材随意入词。词自唐末五代以来逐渐被定格为"艳科"，多咏风花雪月、儿女私情、相思别离。抒发文人仕途以及其他人生感慨的职责则落实到诗文的头上。文人只是偶尔在词中抒发"艳情"之外的情感。唯独李煜，他亡国之后在词中倾吐了内心所有的悲苦。在众多词人中，李煜是一位有鲜明个性特征的作者。欧阳修是继李煜之后的另一位个性张扬的词人，在文学创作的领域里，他并不顾约定俗成的成规或附庸流行的审美风格。他在诗文创作领域掀起了一场轰轰烈烈的革新运动，并以辉煌的创作实践将运动推向深处；在词的创作领域，他也时常突破"艳科"的藩篱，率意表现自己的性情抱负，为苏轼词"诗化"革新导夫先路。所以，欧阳修表现在词中的内容是比较丰富多彩的。如人生不得意的牢骚不平，便是欧阳修词不断表达的一个内容。《临江仙》写他的仕途坎坷："记得金銮同唱第，春风上国繁华。如今薄宦老天涯。十年歧路，空负曲江花。　闻说阆山通阆苑，楼高不见君家。孤城寒日等闲斜。离愁难尽，红树远连霞。"

欧阳修每每在与友人送别或相逢相聚之时便有无限感触，其中包含着友人之间的一片情谊。仕途的奔波使欧阳修与友人有了更多次的分离与重逢，每次的重逢都必将牵动内心的诸多感慨，《玉楼春》说："两翁相遇逢佳节，正值柳绵飞似雪。便须豪饮敌青春，莫对新花羞白发。　人生聚散如弦筈，老去风情犹惜别。大家金盏倒垂莲，一任西楼低晓月。"

北宋士大夫最可贵的品质之一是在逆境中始终保持乐观的态度与进取的精神。北宋帝王重用、信任文人士大夫，特别有意识地从贫寒阶层选拔人材。这一大批出身贫寒、门第卑微的知识分子能够进入领导核心阶层，出将入相，真正肩负起"治国平天下"的历史使命，完全依靠朝廷的大力提拔，因此他们对宋王室感恩戴德、誓死效忠，即使仕途屡遭挫折，也此心不变。这是他们乐观态度与进取精神的根源所在。欧阳修初次被贬官到夷陵，生活在"春风疑不到天涯，二月山城未见花"的艰难环境之中，却依然坚定地相信"野芳虽晚不须嗟"（《戏答元珍》）；再次贬官滁州，出现在《丰乐亭记》《醉翁亭记》中的与民同乐的太守欧阳修，仍然是对仕途抱有相当的信心。自滁州移镇扬州，欧阳修曾据蜀冈筑平山堂。后来欧阳修回到朝廷，友人刘敞出知扬州，欧阳修填写过一首旷达乐观的《朝中措·平山堂》为他送行，充分体现了欧阳修的个人气质。

欧阳修描写山川景物的小词，则以赏心悦目的眼光看待外景，对四时山水景色都保持着浓厚的兴趣，从另一个角度展现了词人生活的乐观态度，颇有独到之处。其中，著名的有《采桑子》十首。这是欧阳修晚年退居颍州（今安徽阜阳）为歌咏当地西湖春夏景色而写，每首均以"西湖好"开头，但各首内容并不重复，自称为"联章体"，也就像我们今天所说的"组诗"。这些词，大都即事即目，触景生情，信手拈来，不假雕琢，而诗情画意却油然而生。以这样美好乐观的心境对待自然，传统的"悲秋"意绪在词人手中也有了改变。《渔家傲》（一派潺湲流碧涨）便是对秋日景象的赏识。

欧阳修时而又将咏古咏史题材引入歌词。欧阳修同时是一位杰出的史学家，他曾奉诏与宋祁等修《新唐书》，又自撰《新五代史》，在撰写史传之时并对历史发表了许多真知灼见，苏轼称欧阳修"记事似司马迁"（《宋史·欧阳修传》）。咏古咏史时往往涉及到对现实政治的批判，所谓"咏古咏物隐然只是咏怀"（《艺概·词曲概》）。

这样的题材内容显然由诗来承担比较合适，所以，咏古咏史在诗歌中已经成为一大门类的题材，在词中却十分罕见。五代时偶有类似创作，如李珣的《巫山一段云》（古庙依青嶂）等等。而欧阳修的史识不仅仅见之于诗文，他的词也较早地接触到咏史的题材，《浪淘沙》说："五岭麦秋残，荔子初丹。绛纱囊里水晶丸，可惜天教生处远，不近长安。　往事忆开元，妃子偏怜。一从魂散马嵬关，只有红尘无驿使，满眼骊山。"

宋词是歌舞升平中的产物，都市的繁华有时就会作为歌舞的背景在词中出现，从而渲染了社会的太平。这在柳永词的咏唱中已经被人们所熟悉，其实，欧阳修也有描摹都市繁荣景象的作品。《御带花》（青春何处风光好）写京城元夕的热闹。北宋汴京元夕的喧闹在宋人的诗文、笔记里屡有详细记载，欧阳修是较早用词的形式来表现这一幅幅繁华场面的。歌舞升平，此后成为宋词的一项重大题材，欧阳修词肇其端。

在北宋前期，欧阳修词的题材最为丰富多彩。受词坛创作主流倾向影响，欧阳修词主要表达的依然是"艳情"相思，但词人张扬的个性也处处留下痕迹，词人并不以某一类题材自我限制，当情感激涌而来时，就随意地在词中做自由抒发。冯煦在《宋六十一家词选·例言》中强调欧阳修词"疏隽开子瞻"，首先是题材开拓方面的积极作为，才有了"疏隽"的气象。所以，在词的创作途径拓展方面，欧阳修更是启发了苏轼。

2. 深入细腻的表现

北宋前期小令作家"晏欧"并称，不仅仅是因为他们的作品主要是书写男女恋情，而且还因为他们主要是以委婉曲折的手法来表达这种恋情，符合宋词幽深隐约的传统审美风格。这种作风是继承南唐冯延巳而来的。审美风格的相近只是问题的一个方面，换一个角度来看，欧阳修敢于将自己鲜明的个性凸显在所创作的恋情词中，必然会与冯、晏有所区别而自具特色。冯延巳写恋情相思之痛苦，更多的是流露自己身处日益没落的小朝廷之中焦虑惶恐的心情；晏殊写恋情相思之痛苦，吞吐含糊，时而顾及自己大臣的身份地位。所以，冯、晏二人是不会花费太多精力去详细描述被他们所爱恋着的女性的，往往只是一些皮相之说，或者篇幅极少。欧阳修则敢于大胆地去爱某一位特定的对象，并且不忌讳在公开场合下作公开表达。因此，欧阳修对所爱恋的对象之观察更为详细、对女性情感之体验更为深入，在词中之表现也就更为深刻。

通过人物的动作或外部表情进一步接触到她的心灵世界，是欧阳修词的一大特色。《浣溪沙》抒写"断无消息道归期"的思念之情，结句说"托腮无语翠眉低"，这个"造型"式的动作和表情中包含着无限的情思。《蝶恋花》说"楼高不见章台路"，"登楼眺望"的动作将闺中思妇与外出的丈夫联系起来，这是一个独守空闺的女子不知重复了多少次、延续了多少时的典型动作，其中蕴涵着思妇复杂的心理活动：望而"不见"自然生怨；怨极而恨，口气不免有点悻悻；"章台"又是"烟花"簇拥之地，怨恨中当然夹杂着妒；这一切终归于无奈，在眺望中无奈地排遣愁绪、打发时光。《桃源忆故人》说："小炉独守寒灰烬，忍泪低头画尽。"香印成灰，在"寒灰"上画字，脉脉心事寄寓其间，就这样煎熬了多少光阴？

欧阳修《踏莎行》说："蓦然旧事上心来，无言敛皱翠山眉。"欧阳修的恋情词就是擅长描写人物的"心事"、刻画人物的心理活动，因此深化了抒情的效果。冯延巳词寄寓的是极其容易引起人们身世之感的意外忧伤，冯煦《阳春集序》评价说："俯仰身世，所怀万端；缪悠其辞，若显若晦。"词的隐约含蓄之美由此获得。晏殊词则是将所抒发的激情经过理性"过滤"，情绪的流露点到为止，自我掩饰中获得隐约含蓄的美感。欧阳修词则深入挖掘人物的内心活动，通过心理变化的微妙、不可言说，获得隐约含蓄的审美效果。所以说，冯、晏、欧三家词的总体审美风格相似，实质却有很大的不同。

欧阳修的创作个性同样表现在他接受民间词的影响方面。文人的创作自唐末五代以来离民间词越来越远，文人化的高雅趣味越来越浓厚，但这并不排除个别词人对民间作品的特别喜爱和刻意学习。欧阳修在艺术创作上我行我素，他既喜欢含蓄蕴藉、雍容典雅的文人化歌词，其创作符合宋词"雅化"的大趋势；同时也对清新朴实、活泼生动的民间词情有独钟，深受民间风格影响，其创作表现出"趋俗"的倾向。欧阳修词受民间词之影响，主要体现在以对话构成作品主体、自由大胆地运用口语、采用谐音法获得一语双关的效果、比喻新颖巧妙、联章体的方式等方面。

欧阳修词谐音双关往往用在对"采莲"歌女的描绘之时，因为这类作品本来就是民歌中常见的，所以学习起来风格也容易相近。《蝶恋花》说："折得莲茎丝未放，莲断丝牵，特地成惆怅。""莲"谐"怜"，言爱怜之心已断；"丝"谐"思"，言内心的思绪却无法真正割断。这两类字的谐音方式也都是南朝民歌中运用得最为普遍的。沐浴过爱河的人都知道这种藕断丝连的痛苦，欧阳修用谐音法来表达。《南乡子》说："莲子深深隐翠房，意在莲心无问处，难忘。"

《蝶恋花》说："莲子心中，自有深深意。"都同样用谐音法。有时因此生发出巧妙新颖的比喻，《渔家傲》说："莲子与人长厮类，无好意，年年苦在中心里。"以"莲子"的苦心喻离人内心的苦痛，意味深长。

联章体的方式是民间曲子歌唱的常用形式，指以一组曲子串联共同演唱一个主题。北宋前期，词曲流行于酒宴之间，成为侑酒的辅助手段，这种场合只曲演唱更有市场，联章体失去了生存的环境而遭到冷落。至欧阳修，深受民歌影响，再度开始创作联章体歌词，为宋词创作引入了一条新的创作途径。联章体有自己的特殊格式，依据敦煌曲子词分类，大约可分成重句联章、定格联章、和声联章三种。重句联章是以固定位置上的相同辞句为重复形式，欧阳修十首《采桑子》首句说："轻舟短棹西湖好""春深雨过西湖好""画船载酒西湖好""群芳过后西湖好""何人解赏西湖好""清明上巳西湖好""荷花开后西湖好""天容水色西湖好""残霞夕照西湖好""平生为爱西湖好"，以"西湖好"的重句组成联章。此外，欧阳修还有一组《定风波》四首，皆以"把酒"开篇，为侑酒之辞，也是重句联章。定格联章以时序作为重复形式，时序通常置于每一首唱辞之首。欧阳修有两组《渔家傲》各十二首，分别咏写十二月节令与景物，皆以"正月""二月"等等开篇，就属于定格联章。

除了这种严格的联章体形式以外，欧阳修其他歌词创作也深受联章体的影响，表现出类似联章的特征。如欧阳修有一组《长相思》三首专门抒写送别相思之情，有一组《减字木兰花》五首描摹歌伎的容貌、舞态、歌喉、心事，有一组《渔家傲》七首咏采莲歌女的生活等等。这些词都是以同一曲调咏写同一主题，是明显的联章体风格。

向民歌学习的另一种结果必然是不避俚俗。欧阳修同时在大胆地汲取市井语言，有大量的通俗浅近的词作传世。前人为贤者讳，极力为欧阳修辩解，认为这些作品都是"小人"伪托以诬陷欧阳修的。从版本学的角度分析这种说法不能成立。其实，从欧阳修张扬的个性出发认识这个问题，并不是令人费解的。欧阳修不顾世俗之见，将他喜欢的表现手法、能够表达真实情感的语言率性"拿来"，为己所用。"拿来"的语言丰富多样，词的风貌也多姿多彩。这类作品中有许许多多朴实无华、真挚动人的佳作。《玉楼春》说：

夜来枕上争闲事，推倒屏山褰绣被。尽人求守不应人，走向碧窗纱下睡。　直到起来由自瞋，向到夜来真个醉。大家恶发大家休，毕竟到头谁不是？

用这种浅俗的语言描述两情相悦的发展过程，也特别动人心魄。《南乡子》说：

好个人人，深点唇儿淡抹腮。花下相逢，忙走怕人猜。遗下弓弓小绣鞋。　划袜重来，半軃乌云金凤钗。行笑行行连抱得，相挨。一向娇痴不下怀。

欧阳修创作俚俗词，不是偶尔为之，在现存的近二百四十首词作中俚俗词约有七十多首，占三分之一。其中除个别作品韵味不足以外，多数词皆大胆泼辣、率真淳朴。这样的一个庞大的创作存在或者被完全否定，或者只被寥寥提及几笔，是十分不合理不正常的。

人们的目光全部被稍早于欧阳修或与欧阳修同时的柳永吸引走了，而漠视了欧阳修俗词创作的实践。事实上，欧阳修的这方面创作，与柳永相互呼应，表现了当时词坛的另一种审美倾向。同样影响着以后俚俗词的发展。

欧阳修在词坛的诸多作为都是具有开拓性的。从题材方面来说，抒情、写景、咏怀、叹古，他几乎无所拘束；从风格方面来说，雅俗兼收并蓄，或精深雅丽，或浅俗泼辣，或雅俗相互融合；从形式方面来说，侧重小令，同时也有慢词创作，且只曲、联章齐头并进。欧阳修在词坛的一切作为，几乎是他张扬个性的全面实践。冯煦在《宋六十一家词选·例言》中评价了欧阳修在词史上的地位：欧阳修继承了南唐词的传统，"而深致则过之"，这是他超越前人之处，且对后世也有较大影响："即以词言，亦疏隽开子瞻，深婉开少游。"欧阳修创作是丰富多彩的，对后人的影响当然也是多方面的。

第二节　柳永词风

慢词是宋词的主要体式之一，它与小令一起成为宋代词人最为常用的曲调样式。慢词的名称从"慢曲子"而来，指依慢曲所填写的调长拍缓的词。《词谱》卷十称慢词"盖调长拍缓，即古曼声之意也。"由于曲调变长、字句增加、节奏放慢，与小令相比慢词在音乐上的变化更加繁多，悠扬动听。于是，这也就适宜表达更为曲折婉转、复杂变化的个人情感。

在慢词体制的发展过程中影响最大的词人便是柳永。而且，柳永还发展了词的俚俗性特征，使之符合市民阶层的审美口味，开创了"俚俗词派"。柳永是宋词发展转变过程中的关键性人物。正是因为柳永的出现，才使宋词的创作走向更为广阔的道路。他的创作为宋词的发展展示出灿烂的前景。

柳永是中国词史上第一个专业词人。他的生卒年很难确定（一说980—1053，又说约为987—1055，又说1004—1054），原名三变，字景庄；后改名永，字耆卿。大约是中年以后改名，因为身体多病的缘故，永即永年，耆即耆老，冀改名以得长寿。行七，故人称"柳七"。祖籍河东（今山西永济），徙居崇安（今福建崇安县）。祖父柳崇，以儒学名。父柳宜，曾仕南唐，为监察御史，入宋后授沂州费县令等，后为国子博士，官终工部侍郎。柳永兄弟三人，柳三复、柳三接与柳三变，三人在当时都有知名度，号"柳氏三绝"。有《乐章集》，存词213首。

一、形式上有新的创造

柳永的词作，体现出求"新"求"变"的精神。首先，在歌词形式上就有相当大的改观。《乐章集》凡用17个宫调，127种曲调。将柳永所用的词调与晏殊、欧阳修、张先的做各方面的比较，就能明显看出柳永的创新尝试：

词人	存词总数	所用词调数	词调与存词数比较	与唐五代词调相同之比例
柳永	213	127	1／1.6	21％
晏殊	136	38	1／3.3	45％
欧阳修	232	69	1／3.1	43％
张先	165	95	1／1.7	32％

统计数字显示，柳永所用的词调比晏殊多三倍，比欧阳修多将近两倍，比张先多三分之一。也就是说，晏殊、欧阳修重复使用同

一词调的频率要远远高于柳永，张先则接近柳永。如欧阳修填写的《渔家傲》留存至今的还有44首，而在柳永存今的词作中使用频率最高的《木兰花》也不过13首。柳永不满足于熟悉词调的反复使用，总是在不断地尝试新的形式。与民间乐工歌伎的密切交往及其对音乐的精通，使他的这种尝试屡屡获得成功。

即使同一词牌的使用，柳永在字数的多寡、句子的长短等方面仍然常常花样翻新，即所谓的"同调异体"。在柳永使用的127个词调中，同调异体的就达31个之多，约占25%。如《倾杯乐》三首，分属仙吕宫、大石调、散水调，字数各自为106字、116字、104字；《倾杯》四首，分属林钟商、黄钟羽、大石调、散水调，字数各自为110字、108字、107字、104字；《古倾杯》一首，属林钟商，108字。这八首词体制上大致相同，分属不同宫调，彼此之间不断有所变异。而在晏、欧的作品中，同调异体的情况极为罕见。张先使用的同一词牌大多也属同一宫调。他们在音乐上都缺乏柳永的创新精神。

现存《乐章集》所用的词调如果按传统的字数划分法，其中91字以上的长调有70多个，不及91字的有30多个。就这些词调的来源来看，大约可分成四类。第一类是吸收了《敦煌曲子词》中的词调（即民间词调）。《敦煌曲子词集》中的词调近80个，见于《乐章集》的有16个，如：《倾杯乐》《凤归云》《内家娇》《斗百花》《玉女摇仙佩》《凤衔杯》《慢卷䌷》《征部乐》《洞仙歌》《抛球乐》等等。其中除《倾杯乐》个别词调格式基本相同以外，多数词调都有了不同程度的创新。而《倾杯乐》《凤归云》《内家娇》《洞仙歌》等，则为慢词。第二类是吸收《教坊曲》的调名，或加以改造。《教坊曲》

共有调名324个，见于《乐章集》的有67个。其中26个名称完全相同，41个名称略异。如《西江月》《临江仙》《长相思》《定风波》《婆罗门》等等。第三类是"变旧曲，作新声"。如原来顾敻的《甘州令》33字，柳永增为78字；牛峤的《女冠子》41字，柳永增为101字和114字两体；冯延巳的《抛球乐》44字，柳永增为187字；李煜的《浪淘沙》54字，柳永发展成为《浪淘沙慢》133字；晏殊的《雨中花》只有50字，柳永的《雨中花慢》增为100字。第四类则是柳永自创的新声。哪些是柳永创制的"新声"难以确指，依据前人的统计：《词谱》言"创自柳永"者18调，言"无别首可校"者37调；《词律》言"只有柳永有此词，无他词可校"者13调；《词范》言"此词首见《乐章集》"者89调。去其相互之间重复者，合计还有95调。其中，可能是柳永自创的"新声"约26首，如《黄莺儿》《昼夜乐》《柳腰轻》《迎新春》《两同心》《金蕉叶》《鹤冲天》《戚氏》等等。《戚氏》体制宏大，共三叠，长达212字。柳永填写的词调，许多是只有柳永使用而不见他人之作的，所谓"无别首可校"者。《远志斋词衷》说："僻调之多，以柳屯田为最。"其实，这是因为柳永精通音乐，故能得心应手。

此外，《乐章集》中令、引、近、慢俱备。除小令与慢词以外，还有《迷仙引》《迷神引》《临江仙引》《诉衷情近》《过涧歇近》《郭郎儿近拍》等。这也从一个角度反映了柳永对流行音乐的熟悉程度和创调才能。

二、内容上有新的开拓

柳永词在题材内容方面也有较新的开拓。他的词有时并不替歌伎抒情，而是直接作内心的表白。这一点最明显地表现在一些轻视功名和抒写仕途失意后的牢骚和不满的作品之中。《鹤冲天》说：

黄金榜上，偶失龙头望。明代暂遗贤，如何向？未遂风云便，争不恣狂荡。何须论得丧？才子词人，自是白衣卿相。　烟花巷陌，依约丹青屏障。幸有意中人，堪寻访。且恁偎红倚翠，风流事，平生畅。青春都一饷，忍把浮名，换了浅斟低唱！

词以通俗浅近、明白晓畅的语言，直接抒发词人轻蔑名利、傲视公卿的思想感情。封建时代的多数文人，科举落第以后无非是"头悬梁、锥刺股"，一心只读圣贤书，以求卷土重来。如此一次又一次地前赴后继，至死不悟。那么，中第与落第者皆紧紧地聚集在统治集团周围，这正是统治者笼络人才、增强朝廷凝聚力所需要的，即唐太宗所谓的"天下英雄入我彀中矣"。落第者即使有牢骚，也大都是骂骂考官无眼之类的，甚至叹息自己时运不济，对科举制度依然充满着热望。北宋前期对科举制度做了大幅度的变革，努力保证"一切以程文为去留"的公平竞争原则的贯彻实施，因此也成功地培养起文人对赵宋朝廷的向心力。然而，恰恰在这个时代背景下，柳永发出如此不和谐的声响，表现出词人对封建道德信条的蔑视，甚至将"风流事""浅斟低唱"都抬举到科举功名之上，这就是统治者决不能容忍的，柳永因此得罪仁宗、招致今后仕途上的无限麻烦也是完全有可能的。

其次，《乐章集》中还有一些直接描写妓女生活情态和反映她们追求稳定生活愿望的作品。柳永无论如何落魄，依然是属于文人士大夫阶层。他与歌儿舞女相处时间再长，也只能是"雾里看花"，终隔一层。所以，柳永大量写歌伎的作品都是停留在外表。如《昼夜乐》上片说："秀香家住桃花径，算神仙、才堪并。层波细翦明眸，腻玉圆搓素颈。爱把歌喉当筵逞，遏天边，乱云愁凝。言语似娇莺，一声声堪听。"《柳腰轻》为咏题之作，整首词都是围绕"英英妙舞腰肢软"写舞女的美妙舞姿。一组《木兰花》描写"心娘""佳娘""虫娘""酥娘"的舞姿歌喉，为她们的色艺惊艳而神魂荡漾。柳永出入秦楼楚馆就是为了追逐、获得声色享受，他将目光与笔墨集中在歌伎的外在色与艺两方面，为此心醉，是最自然不过的。但是，长期与歌伎厮混在一起，对她们必然会有更深入细腻的观察，对她们的内心愿望也有更多的理解，代歌伎言情时也就更容易"到位"。《定风波》说：

自春来，惨绿愁红，芳心是事可可。日上花梢，莺穿柳带，犹压香衾卧。暖酥消，腻云亸，终日厌厌倦梳裹。无那，恨薄情一去，音书无个。　早知恁么，悔当初，不把雕鞍锁。向鸡窗，只与蛮笺象管，拘束教吟课。镇相随，莫抛躲，针线闲拈伴伊坐。和我，免使年少光阴虚过。

词以妓女的口吻写成，描写她同恋人分别之后的相思之情，并通过内心活动表现出她对理想爱情的追慕。这首词所反映的思想感情与前首《鹤冲天》所反映的思想感情有相通之处。

再次，《乐章集》里流传最广泛的作品是反映羁旅行役的词篇。这些词往往和风景描写、恋情相思交织在一起，具有很强的艺术魅力。因此，陈振孙说他的词"尤工于羁旅行役"(《直斋书录解题》)。《远志斋词衷》引毛驰黄语也说："《乐章集》多在旗亭北里间，比《片玉词》更宕而尽。"由于柳永仕途失意，四处漂泊，水陆兼程，足迹几遍当时大半个中国。加上柳永出色的艺术表现才能，所以，他笔下的祖国山川写得真切优美，离愁别恨也表现得更加生动感人。同时，柳永又在各地出入歌楼妓馆，纵情声色，失意时将情感转向"同是天涯沦落人"的妓女。柳永的每一次被迫登程，既谙尽旅途的劳苦、孤单、凄凉，又反复地体验离别的痛苦，他在旅途中因此有了缠绵不断的恋情相思。两方面结合，使柳永的羁旅词独具一格。他将汉魏乐府、古诗中的游子思妇题材与晚唐五代以来词中男欢女爱、离愁别恨的描写结合起来。他这种有切身体验、真情实感的直抒胸臆的作品，就胜过以往旁观者对香闺弱质风态的描摹。如《雨霖铃》《夜半乐》《戚氏》《倾杯》《玉蝴蝶》《轮台子》《安公子》《满江红》等等。

《乐章集》中的羁旅行役词，大多数都与作者身世沦落和功名失意联系在一起，失意的牢骚在这些羁旅词中同样随处可见。如《满江红》说："游宦区区成底事？平生况有云泉约。归去来，一曲仲宣吟，从军乐。"《安公子》说："游宦成羁旅，短樯吟倚闲凝伫。万水千山迷远近，想乡关何处？"《玉蝴蝶》(望处云收雨断)、《戚氏》等。词中的生动画面与复杂感受都是前期小令中难以读到的。在描写旅况离愁方面，柳永在前人的基础上，向纵深方向大大前进了一步。

第四，《乐章集》里还有一些描写都市风光与风土民情的作品。作者生活于北宋"承平"时代，为了科举，他在汴京生活过很长一段时间。由于失意，他又四处奔波，到过当时许多著名的城市。于是，他笔下出现的帝京和大城市也都写得逼真而又形象。如《倾杯乐》（禁漏花深）从宏观的角度高瞻远瞩地概括汴京的雄伟壮观和非凡的气势。词中有高大的建筑，宽广的城郭，祥瑞的气氛，加之以悦耳的笙歌，缤纷夺目的焰火。总之，词人笔下的汴京富丽堂皇而又繁荣昌盛，充分显示出汴京作为当时中国政治、经济、文化与中外交流中心的宏大气派。词中写元宵佳节的热闹场面，与《东京梦华录》中《元宵》一节、与《大宋宣和遗事》亨集中元宵观灯的描写，简直是一模一样。在《透碧霄》一词中，作者还特别指出"帝居壮丽，皇家熙盛"，"太平时，朝野多欢"这一现实，描绘了"遍锦街香陌，钧天歌吹，阆苑神仙"的繁华景象，透露了当时汴京商品经济发达、人民富庶、上层统治集团寻欢逐乐的历史风貌。《满朝欢》追忆"帝里风光烂漫"，记忆最深的是"烟轻昼永，引莺啭上林，鱼游灵沼。巷陌乍晴，香尘染惹，垂杨芳草。"这类词篇不仅是一幅很好的都城风景画，同时也是很有历史价值的风俗画。

柳永描写城市生活的名篇中，当以《望海潮》最为杰出，词云：

东南形胜，三吴都会，钱塘自古繁华。烟柳画桥，风帘翠幕，参差十万人家。云树绕堤沙，怒涛卷霜雪，天堑无涯。市列珠玑，户盈罗绮，竞豪奢。　　重湖叠巘清嘉。有三秋桂子，十里荷花。羌管弄晴，菱歌泛夜，嬉嬉钓叟莲娃。千骑拥高牙，乘醉听箫鼓，吟赏烟霞。异日图将好景，归去凤池夸。

这首词形象地描出杭州天堂般的胜境，艺术感染力是很强的。多年身居高位的范镇对这首词也十分赞赏，他说："仁宗四十二年太平，镇在翰苑十余载，不能出一语歌咏，乃于耆卿词见之。"（祝穆《方舆胜览》卷十一）相传金主完颜亮听唱"三秋桂子，十里荷花"以后，便对杭州垂涎三尺，因而更加膨胀起他侵吞南宋的野心。宋谢驿（处厚）有一首诗写道："莫把杭州曲子讴，荷花十里桂三秋。岂知草木无情物，牵动长江万里愁。"这虽是传说，并不一定可信，但杭州的确优美迷人。特别是经过柳永的艺术加工，把杭州写得更加令人心驰神往。这首《望海潮》，在艺术上几乎超过了前人所有歌颂杭州的诗词。

第五，《乐章集》中出现的相当数量的谀圣词值得注意。这类词大致夸耀社会太平、百姓安居乐业、都市繁华富庶、君王英明圣贤，以颂扬帝王的政绩，博取上层的青睐，求取仕途的飞黄腾达。柳永事实上是一个比较"俗气"的文人，每一次阿谀奉承的没有结果都不能使他停止这方面的努力。《渑水燕谈录》卷八载：柳永"皇祐中久困选调，入内都知史某爱其才而怜其潦倒。会教坊进新曲《醉蓬莱》，时司天台奏老人星见，史乘仁宗之悦，以耆卿应制。耆卿方冀进用，欣然走笔，甚自得意，词名《醉蓬莱慢》。比进呈，上见首有'渐'字，色若不悦。读至'宸游凤辇何处'，乃与御制真宗挽词暗合，上凄然。又读至'太液波翻'，曰：'何不言波澄？'乃掷之于地。永自此不复进用。"从《乐章集》中留下不少谀圣词而又没有现实效果来看，这类拍马屁拍到马蹄子上去的事情柳永没有少干。《乐章集》中这类题材的作品一共留存了12首：《送征衣》（"过韶阳"）、《倾杯乐》（"禁漏花深"）、《柳初新》（"东郊向晓星杓亚"）、

《玉楼春》("昭华夜醮连清曙"等五首)、《御街行》("燔柴烟断星河曙")、《永遇乐》("薰风解愠")、《破阵乐》("露花倒影")、《醉蓬莱》(渐亭皋叶下)。

这类作品内容空泛无物,不值一读。然而在词的演进过程中却有相当的意义。首先,进入宋代以后,词成为富贵享乐生活的消遣,与富贵享乐联系在一起的必然是社会的太平富庶,推进一步就是帝王的圣明、地方官的政绩了。所以,以歌词的形式谀圣是顺理成章的,谀圣也必然会成为宋词的一项重要内容。其次,为帝王歌功颂德在任何一个朝代都是诗文最重大的题材。以小词"末技"的形式负担如此重大的时代内容,这对提高词的地位、推尊词体、使词最终登上大雅之堂具有非常重要的意义。

三、艺术上有新的进展

慢词的旋律与节奏比小令繁复,与之相配合的歌词和字数增多,这就使慢词更适宜于描绘生活场面,抒写复杂的思想感情,从而为词人提供了发挥其文字才能的广阔天地。五代以来的小令,文字少,篇幅短,它只能捕捉一刹那间的感受,或只描写景物的一个或几个侧面。因此,小令必然要讲求"以含蓄为佳"(贺裳《皱水轩词筌》)。柳永的慢词则与此不同,他做了许多新的改变。他善于向民间汲取营养,学习通俗的语言和铺叙手法,把慢词的层次结构组织得井井有条。同时他还善于把抒情、叙事、写景融成一体。郑振铎说:"'花间'的好处,在于不尽,在于有余韵。耆卿的好处却在于尽,在于'铺叙展衍,备足无余'。"所以五代及北宋初期的词,其特点全在含蓄二字,其词不得不短隽。北宋第二期的词,其特点全在奔放铺叙四字,其词不得不繁词展衍,成为长篇大作。这个端乃开自耆卿。"[1]简言之,柳永慢词艺术的第一个特点便是铺叙展衍。如《雨霖铃》说:

寒蝉凄切。对长亭晚,骤雨初歇。都门帐饮无绪,留恋处、兰舟催发。执手相看泪眼,竟无语凝噎。念去去、千里烟波,暮霭沉沉楚天阔。　　多情自古伤离别,更那堪、冷落清秋节。今宵酒醒何处?杨柳岸、晓风残月。此去经年,应是良辰好景虚设。便纵有千种风情,更与何人说?

这首词选择的是一个送别的场面,在描写难以割舍的别情时,寄寓了失去知音、远离京师而奔赴他乡的抑郁不平。但是,这首词之所以打动人心,还在于它艺术上的独到之处。这首词跟唐五代以及宋初的小令不同,它不是写离愁别恨的一个侧面,或只借少许景物来抒写自己的某种情怀,然后便戛然而止。因为这是一首慢词,篇幅比小令长,它要求而且允许词人拓展笔墨,充分抒写自己的思想感情或表现一个比较完整的过程。《雨霖铃》正是这样写的。它采取的是由表及里、由浅入深、由近及远、层层推进的艺术手法,使全篇首尾联贯,组织细密,天然浑成,充分显示出作者驾驭长调及善于铺叙的艺术才能。

与铺叙手法相联系的另一艺术特点便是"点染"。点,就是主题的重笔点出;染,就是侧翼的铺叙渲染。例如《雨霖铃》上片结句"念去去"三字就是点,下面用"千里烟波""暮霭沉沉"和"楚

---

[1]《插图本中国文学史》第三册第487页,人民文学出版社1957年版。

天阔"这三样事物来加以发挥,加以渲染,衬托出"去去"的水远山遥与离情的深沉浓重。又如下片"多情自古"两句是"点","今宵"三句便是"染",作者用"杨柳岸""晓风""残月"三个具体形象构成幽美而又凄清的意境,借以烘托伤秋伤别的情怀。词中点染与铺叙手法相结合,又是化虚为实、寓情于景这一艺术手法的深化。词人描绘的景物,烘托的气氛,渲染的情绪都是经过精心提炼与高度概括的,并非信手拈来,率意为之。

四、语言上有新的变化

柳永词语言上的变化,首先表现在吸收和使用民间语言这一点上。他能根据词调声情的要求和内容的需要,大胆吸收口语、俗语入词。如前引《定风波》,这是以妓女口吻写成的恋情相思词,语言自然要切合这位主人公的口吻和身份。所以,全篇用语都很通俗,没有书卷气和学究气。其中,"芳心是事可可""终日厌厌倦梳裹""恨薄情一去,音书无个""镇相随,莫抛躲,针线闲拈伴伊坐",等等,不仅通俗浅近,接近口语,有鲜明的个性,而且很符合人物的口吻、性格与心理特征。词中的人物,也因有这样的语言而显得活灵活现,呼之欲出。又如《击梧桐》:"近日书来,寒暄而已,苦没忉忉言语。"是最平常的叙述,却蕴涵着深情。《鹤冲天》(黄金榜上)也是采用了浅近而通俗的语言。这些都接近敦煌民间词的特点。

接受民间词的影响,是词发展过程中的一个必然趋势。从欧阳修的大量俚俗词中已经可以看出这一点。晏殊、张先也不能"免俗",如晏殊"离别常多会面难,此情须问天"(《破阵子》)、"暮去朝来即老，人生不饮何为"（《清平乐》）等，皆明白如话；张先"这浅情薄幸，千山万水，也须来里"（《八宝装》）、"休休休便休，美底教他且。匹似没伊时，更不思量也"（《生查子》）等，皆浅近俗艳。也就是说，当时向民间词学习，汲取其俚俗浅易的言语，是一种普遍的行为。只不过，晏殊、张先这方面的创作较少，其主要艺术成就并不在此，故影响也不大。欧阳修的创作在数量与质量方面上了一个新的台阶，但是，时人喜欢"为贤者讳"，否认这些作品的著作权，于是欧阳修在这方面的影响也不大。只有柳永，生性浪漫，缺乏自我约束力，任凭官能享受与情感支配自己的行为，有时甚至摆出一副"破罐子破摔"的姿态，无所顾忌地汲取、使用市井俗语，浅艳喜人。因此，传播甚广，产生了极其深远的影响。柳永以后，无论是嗜"俗"嗜"艳"的词人，还是追求风雅趣味的作家，其语言都不同程度地受柳永词的影响。周济《宋四家词选目录序论》说："周（邦彦）、柳（永）、黄（庭坚）、晁（补之），皆喜为俚语，山谷尤甚。"四位词人中，柳永的年代最早，其他词人都是在柳词盛行之后才出世的，前后影响十分明显。柳永这种在北宋词"雅化"进程中的逆向行为，保持了来自民间的"曲子词"的新鲜活跃的生命力，使其避免过早地走向案头化的僵死道路。南宋"雅词"就是在坚决反对柳永等"俗艳"的基础上发展起来的，其最终成为晦涩的案头文学而趋于衰败，原因虽然是多方面的，然抛弃民间的源头是其主要原因之一。这就可以从相反的角度说明柳永词所取得的成绩。

　　对柳永词的俚俗、直率、大胆，时人几乎持一致的态度，因为这与词坛整体"趋雅"的审美倾向完全相违背，与时人的审美期待心理相矛盾。同时代的文坛领袖晏殊的态度十分鲜明。其后，苏轼特意将柳永标举出来，立为反面靶子，努力追求一种不同于柳永的审美风格。

然而，正是这种"俚俗""尘下"和"鄙语"，才赋予柳永词以崭新的时代特征；也正是这种"俚俗"，才使得他的词在下层人民中间广泛流传，并且受到普遍的欢迎。正如宋翔凤《乐府余论》所说："柳词曲折委婉，而中具浑沦之气。虽俚语，而高处足冠群流，倚声家当尸而祝之。"两宋时期，尽管文人阶层对柳永俚俗词加以贬斥，而平民百姓却做出了自己的选择。事实上，文人阶层口头上虽然不断对柳词加以指责，创作实践中却或多或少都要受其影响。在以后讨论各家创作时就会常常接触到这一话题。

当然，柳词并非全用俚俗的口语入词，根据内容的需要，他还善于提炼书面语言，善于融化前人的诗句入词，使他的词的语言具有很高的文学性。据赵令畤《侯鲭录》卷七载，苏轼对柳词说过这样的话："世言柳耆卿曲俗，非也。如《八声甘州》之'霜风凄紧，关河冷落，残照当楼。'此语于诗句，不减唐人高处。"郑文焯说柳永"高浑处不减清真，长调尤能以沉雄之魄，清劲之气，写绮丽之情，作挥绰之声。"（《郑大鹤先生论词手简》）指的就是这一类慢词。

柳永在词史上的影响是巨大而又深远的。柳永词由于三点原因而受到当时社会各阶层普遍的喜爱：其一，语言俚俗浅近，易于被接受。《碧鸡漫志》卷二称柳词："浅近卑俗，自成一体，不知书者尤好之。"《后山诗话》称柳词："作新乐府，骫骳从俗，天下咏之。遂传禁中，仁宗颇好其词，每对酒，必使侍妓歌之再三。"徐度在《却扫篇》中说："故流俗人尤喜道之。"宋翔凤《乐府余论》说："耆卿失意无俚，流连坊曲，遂尽收俚俗语言，编入词中，以便伎人传习，一时动听，散播四方。"柳永词首先被民间下层以及边疆汉文化修养层次较低的少数民族所喜闻乐见是不容置疑的，《避暑录话》卷下称："凡有井水饮处，皆能歌柳词"，就说明了其受欢迎的普遍程度。胡寅在《酒边词序》中也说：柳词"好之者以为无以复加。"即使是具有较高文化修养的文人士大夫和社会上层，虽然口头上和理智上表示反对，现实中也掩饰不住对柳词的喜爱。仁宗在人前人后的两套作为，以及晏殊、苏轼等事实上是熟读了柳词却加以贬斥的事实，充分说明了这一点。其二，大量创制新调，符合了人们的审美需求。李清照《词论》说：柳永"变旧声作新声，大得声称于世。"在艺术欣赏方面，人们的审美心理永远是"喜新厌旧"的。最动听迷人、流行一时的乐曲也要逐渐被新兴的音乐所替代，柳永"新声"的出现，正好给人们带来全新的艺术享受。其三，"艳冶"的话题，迎合了人们的性心理。《艺苑雌黄》说："柳之《乐章》，人多称之。然大概非羁旅穷愁之词，则闺门淫媟之语。"张端义《贵耳集》说："盖词本管弦冶荡之音，而永所作旖旎近情，故使人易入。虽颇以俗为病，然好之者终不绝也。"男女性爱是出自人的自然本性的，因此也成为文学的永恒主题，这类题材的作品便受到了所有阶层、时代的读者的普遍欢迎。尤其是宋代都市经济繁荣之后，出现了一个古代的"市民阶层"，他们由中下层官员及家属与仆人、衙门吏卒、商人、手工业者、艺人、城市贫民等组成，他们在工作闲暇、茶余饭后需要精神调剂，需要娱乐享受，而这个阶层平日最大最多的娱乐方式就是赤裸裸地谈论"性"话题。柳永词因此深得他们的喜爱，趋之若鹜。

第三节　苏轼词风

北宋词坛因为苏轼的出现，再度掀起风起云涌的改变。自苏轼以来，词的诸多创作成规纷纷被打破，前人迂回曲折的突破至此演变为大张旗鼓的革新。苏轼的作为，给词坛带来全新的风貌，深深地影响了周围的一批词人，词坛风气也随之缓慢转移。为南宋词创作重振之转移做好了充分的准备。

一、词风的革新家苏轼

苏轼是一位多才多艺的艺术家。他不仅在诗、文、词之文学创作方面有骄人的成绩，而且还擅长绘画、书法等等。苏轼的出现，是宋代文风郁盛、人才辈出的一个必然积累的结果。

苏轼（1037——1101），字子瞻，一名和仲，号东坡居士，四川眉山（今属四川）人。宋仁宗嘉祐元年（1056），21岁的苏轼随父苏洵进京，次年，与弟苏辙中同榜进士。嘉祐四年（1059），苏轼经欧阳修等推荐，参加了朝廷特设的制科考试，苏轼以"制策"入三等，授大理评事、签书凤翔府判官。英宗治平二年（1065），苏轼回京任职，判登闻鼓院。皇帝召试秘阁，再入三等，直史馆。神宗熙宁二年（1069），差判官告院。此时，神宗正重用王安石，全面启动变法革新运动。苏轼一回京都就被卷入了这一场政治斗争之中，并因与王安石政见不合而要求外放。熙宁四年（1071）六月，出为杭州通判。元丰二年（1079），朝中新党罗织罪名，弹劾他以诗讪谤朝廷（史称"乌台诗案"），苏轼因此被捕入狱，后被贬为黄州（今湖北黄冈）团练副使。哲宗继位，太皇太后高氏听政，全面起用旧党，苏轼被召还京，除起居舍人，累迁中书舍人、翰林学士知制诰，知礼部贡举。元祐四年（1089）出知杭州，六年召回。哲宗亲政，起用新党，罢斥旧党，绍圣元年（1094）苏轼被贬英州，再贬惠州（今广东惠州市），四年再贬儋州（今海南岛儋县）。徽宗赵佶即位，遇赦放还，卒于常州旅舍。

苏轼是文学艺术上有多方面成就的大家，在历史上产生过巨大的影响。苏轼的诗，涤荡了宋初纷华绮靡的恶习，为宋诗的发展开辟了新的道路，奠定了宋诗的独特面貌。著有《东坡全集》150卷、《东坡乐府》3卷。存诗2700多首，词350余首。

二、"以诗为词"的变革

在北宋词坛上，苏轼是革新的主将。他打破许多成规，在词中表现了自己自由的个性，被时人归纳为"以诗为词"之变革。"以诗为词"的提出，在当时实际上是对苏轼的一种批评和贬斥。最先提出这种批评的是"苏门六君子"之一的陈师道："退之以文为诗，子瞻以诗为词，如教坊雷大使之舞，虽极天下之工，要非本色。"（《后山诗话》）之后，对此发表批评意见的人甚多。综合起来看，所谓"以诗为词"，不外有两方面的含义：一是批评苏轼某些词不合音律；一是批评苏轼词与传统的词风不合。前者，如吴曾《能改斋漫录》卷十六引"苏门四学士"之一的晁无咎的话说："居士词，人谓多不协音律。"彭乘在《墨客挥犀》中说："子瞻尝自言平生有三不如人，谓著棋、吃酒、唱曲也。……子瞻之词虽工，而不入腔，正以不能唱曲耳。"李清照在她的《词论》（见《苕溪渔隐丛话》后集卷三十三）中对此批评得更加尖锐："至晏元献、欧阳永叔、苏子瞻，学际天人，作为小歌词，直如酌蠡水于大海。然皆句读不葺之诗尔，又往往不协音律。"她在批评了柳永、晏殊、欧阳修、苏轼等人以后说："乃知别是一家，知之者少。"所谓"别是一家"，也就是说词要始终保持词本身所具有的特色，不仅要合乎音律，而且要使词不同于诗，不同于文，要别具一格。和李清照差不多同时的李之仪也说："长短句于遣词中最为难工，自有一种风格。稍不如格，便觉龃龉。"（《跋吴思道小词》）上面所说的"本色""别是一家""自有一种风格"基本上是一个意思，也就是说，词要有其自身的传统风格和特点。苏轼在这一方面并不符合当时词人与批评者的审美口味。然而，恰恰就是这种对传统的突破，体现了苏轼对北宋词坛的卓越贡献。继柳永之后，苏轼给词之创作带来的冲击是最大的，他的创作为以阳刚美著称的豪放词派之产生开拓了先路、奠定了基础。

1. 以诗的内容与题材入词

"诗言志词言情"，是在创作过程中形成文体的界限。苏轼以前，一些不甘心受此局限的作家尝试着突破，不过，他们的突破总是零星的，没有引起广泛的注意，产生广泛的影响。苏轼是第一位对词的内容题材做了大面积改变的作家，引起了当时词坛的轰动。

首先，苏轼以词抒写了爱国的豪情壮志。北宋内忧外患交织，尤其西夏、北辽的边患威胁，始终令北宋统治者寝食难安。每一位有志于现实的文人士大夫当然也牵挂着这一切，期望自己建功报国，有所作为。苏轼活跃于政坛的年代，边塞矛盾集中在防御西夏的入侵方面。苏轼在词中就涉及到这方面内容，如《江城子·密州出猎》。

老夫聊发少年狂。左牵黄，右擎苍。锦帽貂裘，千骑卷平冈。为报倾城随太守，亲射虎，看孙郎。　酒酣胸胆尚开张。鬓微霜，又何妨？持节云中，何日遣冯唐？会挽雕弓如满月，西北望，射天狼。

其次，苏轼词多侧面地再现了农村生活。苏轼平生在许多地方任过职，每到一地，他总是勤政爱民，努力为当地百姓干一些实事、好事，如疏浚西湖、赈济灾民、减免杂税等等。他对"民本"农田生产尤为关心，在各地兴办的实事也大都围绕着农业生产。这方面的关心表现在词中，于是出现了第一个把农村生活纳入词这一领域的做法。苏轼熙宁末、元丰初改知徐州，曾在当地组织民众抗击水灾、旱灾。元丰元年（1078），苏轼曾到徐州城东的石潭祷雨、谢雨，根据路途所见，写下一组《浣溪沙》，共五首，下面录其二首：

旋抹红妆看使君，三三五五棘篱门。相挨踏破茜罗裙。　老幼扶携收麦社，乌鸢翔舞赛神村。道逢醉叟卧黄昏。

簌簌衣巾落枣花，村南村北响缫车。牛衣古柳卖黄瓜。　酒困路长惟欲睡，日高人渴漫思茶。敲门试问野人家。

在苏轼以前的文人词中，偶尔也出现过以农村片断生活为题材的作品。如文人喜欢描述"渔父"的生活作为自己归隐的榜样，其中就不乏农村生活的场景。张志和《渔歌子》说："西塞山前白鹭飞，桃花流水鳜鱼肥。青箬笠，绿蓑衣，和风细雨不须归。"所描摹的就是水乡渔村的景色。但是像苏轼这样以组词的形式，多方面描绘农村生活的画面，把农民、村姑作为主要描写对象，并且敢于揭示农村的贫困一面，这在扩展词的题材方面，无疑是重要的贡献。

再次，苏轼词揭示了复杂的内心世界。广义地说，任何文学作品都可以算作是作者内心世界的一种反映，而这里所说的"内心世界"，则主要是指苏轼的词扩大了反映内心世界的范围。他的词已不再局限于伤春伤别与离情相思，而是抒写了个人的政治理想、人生态度、内心的苦闷和思想上的矛盾。千百年之后，仍可以想见其人。苏轼通过自己的创作，进一步发挥了词的抒情功能与社会功能。《定风波》说：

莫听穿林打叶声，何妨吟啸且徐行。竹杖芒鞋轻胜马，谁怕！一蓑烟雨任平生。　料峭春风吹酒醒，微冷，山头斜照却相迎。回首向来萧瑟处，归去，也无风雨也无晴。

从序中的介绍来看，这首词写的不过是途中遇雨时所持的态度和所得的感受，然而，词人是在借此表露自己的人生态度，展示自己的宽阔胸襟。

谪居黄州，是词人生平所遭受的第一次重大打击，词人的内心世界与情感有了很大的改变。词人虽然能够豁然对待荣辱得失，但是，对现实的不满情绪更加强烈，要求摆脱尘世烦扰、去过潇洒隐逸生活的愿望便时时浮现在脑际。《临江仙》（夜饮东坡醒复醉）中，苏轼面对"夜阑风静縠纹平"之景色，"小舟从此逝，江海寄余生"的愿望就再也压抑不住了。这首词充分反映出作者在逆境中所采取的佛老的处世哲学。这种处世哲学有逃避现实的消极倾向，正如词中所写：不如驾一叶扁舟，遨游江海，以终此有生之年。但同时，也使得苏轼在逆境之中保持理智与冷静的态度，坚持自己的人格与操守，坚持对人生、对美好事物的追求。苏轼遨游赤壁之时，面对"江上之清风与山间之明月"，发出"天地之间，物各有主，苟非吾之所有，虽一毫而莫取"的感叹，何尝不是这种心境的表露？

第四，苏轼词诉说了真挚的亲朋情感。宋词因流行于花前月下杯酒之间，传唱于"十七八"歌伎之口，虽然以诉说情感见长，但所抒发的大都是文人或士大夫与歌儿舞女之间的游戏之情，往往是在一种逢场作戏的态度支配下创作出来的。与家人、与友人等比较真挚、庄重的情感，几乎很少入词，苏轼之前只有欧阳修等大词人才偶尔为之。到了苏轼笔下，却变得十分平常，处处可见。苏轼一生兄弟情笃，苏辙是他在词中已经抒发思念之情的一个对象。除了人们熟悉的《水调歌头》（明月几时有）以外，还有《木兰花令》。词前小序告诉读者：这是苏轼旅途中"闻夜雨"思念弟弟与友人所作。词借用传统的悲秋思人手法，传达对弟弟与友人的一片深情。词说：

梧桐叶上三更雨，惊破梦魂无觅处。夜凉枕簟已知秋，更听寒蛩促机杼。　梦中历历来时路，犹在江亭醉歌舞。尊前必有问君人，为道别来心与绪。

苏轼送别友人、怀念友人的词作也充满着真情实意。《临江仙》说："凭将清泪洒江阳，故山知好在，孤客自悲凉。"能够充分体会友人登程独行的孤寂与凄苦的心境。《南乡子》说："回首乱山横，不见居人只见城。谁似临平山上塔，亭亭，迎客西来送客行。"借"山上塔"抒发自己拳拳情谊，婉转情深。《浣溪沙》说："门外东风雪洒裾，山头回首望三吴。不应弹铗为无鱼。"对友人的牵挂之情洋溢于言表。

第五，苏轼词展现了清新秀丽的水色山光。苏轼豁达的心胸也得自于湖山。每到一地，苏轼总是兴致勃勃地游览山水，陶醉其间，物我两忘。苏轼咏杭州美景的如"欲把西湖比西子，淡装浓抹总相宜"（《饮湖上初晴后雨》）等诗篇已经脍炙人口，在词中也有出色的描写，《虞美人》说：

湖山信是东南美，一望弥千里。使君能得几回来？便使尊前醉倒、且徘徊。　沙河塘里灯初上，《水调》谁家唱？夜阑风静欲归时，惟有一江明月、碧琉璃。

此外，苏轼在词中有咏仙者，《水龙吟》上片说："赤城居士，龙蟠凤举。清净无为，坐忘遗照，八篇奇语。"下片进一步写自己的羡慕心情："临江一见，谪仙风采，无言心许。八表神游，浩然相对，酒酣箕踞。待垂天赋就，骑鲸路稳，约相将去。"有櫽括前人诗篇诗意者，如《水调歌头》（昵昵儿女语）櫽括韩愈的《听颖师弹琴》，《哨遍》櫽括陶渊明《归去来辞》；有以词说禅说理者，如《如梦令》说："水垢何曾相受，细看两俱无有。寄语揩背人，尽日劳君挥肘。轻手，轻手，居士本来无垢。"词人"无垢"的是内心世界，小词借沐浴一事喻明此理。又如《临江仙》说："人生如逆旅，我亦是行人。""此身是传舍，何处是吾乡？"都是借题发挥的说理议论。又有咏叹历史沧桑巨变者，《念奴娇》感慨赤壁历史古迹，流传甚广。

刘熙载《艺概·词曲概》说："东坡词颇似老杜诗,以其无意不可入,无事不可言也。"也就是说,苏轼词扩大了反映生活的领域。在苏轼现存三百余首词里,诸如咏史、游仙、悼亡、惜别、登临、宴赏,此外,山河风貌,田园风光,参禅悟道,哲理探讨等,几乎无所不写,无所不包。经过苏轼的创作,人们才真正看到词可以反映广阔的生活内容。也正是通过苏轼的创作,才开始摧毁词为艳科的狭小藩篱,改变了词为"诗余"、诗高"词卑"的传统偏见。苏轼对词题材与内容的拓展是空前绝后的。只有南宋的辛弃疾,在新的时代精神与社会因素的激荡下,在这方面所做出的贡献方可与东坡媲美。

2. 以诗的风格和意境入词

苏轼在词史上的另一个不可磨灭的功绩便是拓宽了词的意境,改变了词的风格,使词与诗气脉相通。前人曾多次总结苏轼这方面的功绩,称其创立了"豪放"词派。所谓"豪放"是针对"婉约"而言的。"婉约""豪放"之分,最早始自明人张綖。清人王又华在《古今词论》中说:"张世文(即张綖)曰:词体大略有二:一婉约,一豪放。盖词情蕴藉、气象恢弘之谓耳……如少游多婉约,东坡多豪放,东坡称少游为今之词手,大抵以婉约为正也。"明代的徐师曾在《文体明辨序说·诗余》中据此做进一步的概括:"有婉约者,有豪放者。婉约者欲其辞情蕴藉,豪放者欲其气象恢弘。"苏轼本人也标举过"豪放"的风格。他在《答陈季常书》中说:"又惠新词,句句警拔,诗人之雄,非小词也。但豪放太过,恐造物者不容人如此快活,一枕无碍睡,辄亦得之耳。"(《东坡续集》卷五)宋人对苏轼词的新风貌早有敏锐的觉察。俞文豹《吹剑录》所载东坡"幕下士"之言柳永词需"十七八女孩儿"演唱、东坡词需"关西大汉"高歌,便道出个中因由。这里尽管没有标举"豪放"与"婉约",然而对比两种风格迥异的词风,意图十分明显。"豪放"与"婉约"只是对北宋词风格一种粗线条的划分,还不能包括所有的词风(包括苏轼自己的词在内),但就广义的角度来讲,以"豪放""婉约"来区分北宋词坛的两大不同词风,还是符合创作实际与历史实际的。沿着这条线索看后人词创作之走向,同样能明了苏轼在词坛上的卓越贡献。

苏轼词风的转变,首先是由于歌词抒情模式的转移。苏轼拓展词境之作,都是以自我为抒情主体的,彻底改变了前人"代言"的方式。苏轼奔放之情怀、雄伟之志向都能在词中一一得以表现。与苏轼宽阔心胸、坦荡襟怀相映衬,词中出现的景物也都显得气象宏大,气魄非凡。由于苏轼个人独特的审美趣好,所取之景多为清新明丽者,于是,清雄旷达便成为苏轼豪放词的典型特征。苏轼现存三百余首词里,属于这一类清雄旷达之豪放者,大约有四十余首。前面介绍苏轼词内容与题材之扩大时所引的词,都不同程度地具有这样的审美特点。最能代表苏轼独特风貌的作品,当数《念奴娇·赤壁怀古》。

大江东去,浪淘尽、千古风流人物。故垒西边,人道是,三国周郎赤壁。乱石穿空,惊涛拍岸,卷起千堆雪。江山如画,一时多少豪杰。　遥想公瑾当年,小乔初嫁了,雄姿英发。羽扇纶巾,谈笑间,樯橹灰飞烟灭。故国神游,多情应笑我,早生华发。人间如梦,一尊还酹江月。

这首词描绘了赤壁附近的壮阔景物,通过对古代英雄人物的赞美,抒发了诗人的理想抱负以及老大无为的感叹。比《念奴娇》写得略早一些的《水调歌头》,是中秋之夜咏月兼怀念弟弟子由之作,同样被人们认为是苏轼词中的杰作。全词设景清丽雄阔,如月光下广袤的清寒世界,天上、人间来回驰骋的开阔空间。将此背景与词人超越一己之喜乐哀愁的豁达胸襟、乐观情调相结合,便典型地体现出苏词清雄旷达的风格。《念奴娇》与《水调歌头》内容和题材虽有所不同,但意境却同样神奇壮美,风格也同样豪迈奔放。

由上可见,苏轼词的清雄旷达的风格,在通常情况下,总是和词中壮美的意境完美结合在一起的。拍岸的江水、穿空的怪石、挺拔的大树、浩瀚的夜空等等,这一类景色随处可见。如"江汉西来,高楼下、蒲萄深碧。犹自带、岷峨雪浪,锦江春色"(《满江红》);"雪浪摇空千顷白,觉来满眼是庐山,倚天无数开青壁"(《归朝欢》);"有情风、万里卷潮来,无情送潮归。问钱塘江上,西兴浦口,几度斜晖"(《八声甘州》)。这一类清奇雄健的自然景物,又往往被词人放在运动和变化之中来加以描绘,于是便给读者以强烈的感受。从人物与人世方面来看,苏轼词的清雄旷达的风格,又总是和羽扇纶巾的风流人物、挽雕弓如满月的壮士、把酒问月的诗人、乘风破浪的渔父等形象紧密结合在一起的,从而鲜明地表现出词人的理想抱负与乐观进取、积极用世的精神。除上面所列举的以外,《南乡子》说:"旌旆满江湖,诏发楼船万舳舻。投笔将军应笑我,迂儒。帕首腰刀是丈夫。"《瑞鹧鸪》说:"碧山影里小红旗,侬是江南踏浪儿。拍手欲嘲山简醉,齐声争唱浪婆词。"《浣溪沙》说:"上殿云霄生羽翼,论兵齿颊带风霜,归来衫袖有天香。"这些,都是苏轼同时代其他词人作品中很少见的。苏轼的创新精神恰恰表现在这里。这样的词，明显地跳出了"香而弱"与"艳而软"的陈旧的圈子，呈现出一种全新的面貌。

苏轼具有清雄旷达作风的词作在他作品中虽然所占的比例只是少数，但因其全新的风貌而引起广泛的注意。无论是当时的批评者还是后来的称颂者，都将主要注意力集中在这一小部分的作品之上，而相对地忽略了苏轼的婉约词作。所以，苏轼这一类具有阳刚之美的词作便在词坛上产生了深远的影响，以至成为豪放派的开山鼻祖。

在现存的苏轼词中，仍然是委婉言情、风格优美的作品占据大多数。这类作品流传至今的还有三百余首，约占传世作品的87%。婉约言情的词作是当时词坛创作的主流，苏轼也在这个范围内进行创作，然后有所突破。出于词人旷达之个性，同时也是受"诗化"词作的影响，苏轼的"婉约"词与他人之作也有明显的不同，同样显示出其鲜明的艺术个性。

第一，这类词洗脱了"脂粉气"，从"倚红偎翠"的秾艳中走出，变得明丽净洁。《洞仙歌》（冰肌玉骨）咏夏夜纳凉之后蜀花蕊夫人。后蜀末主孟昶生活奢靡，沉溺于女色。花蕊夫人更是冠绝群芳，艳丽无比，凭其"花蕊夫人"的别号也可以想见。在他人笔下，这是写"艳词"的绝佳题材。到了苏轼笔下，却是风貌迥异。花蕊夫人"冰肌玉骨"，在清凉的夏夜里，在银白色的月光的映衬下，显得如此清雅脱俗，明丽照人。南宋张炎评价说："清空中有意趣，无笔力者未易到。"（《词源》卷下）明沈际飞也称赞此词"清越之音，解烦涤苛"（《草堂诗余正集》卷三）。

苏轼喜爱这一类冰清玉洁的女子，所以，进入苏轼审美视野的都是经过苏轼的审美筛选或艺术加工的。《南乡子》说："冰雪透香肌，姑射仙人不似伊。濯锦江头新样锦，非宜。故著寻常淡薄衣。"苏轼婉约词气质、品格、作风的改变，预示着婉约词依然有广阔的发展前景。

婉约词气质的改变及词品的提高，不仅仅用来写歌儿舞女，还可以用来表达对妻子的挚情。夫妻之情在古人眼中是人伦的一项重要内涵，庄重而神圣。用流行小调来抒发对妻子的情感，是苏轼的一大创举，这同时说明苏轼已经破除了"诗尊词卑"的文体等级差别观念。《江城子》（十年生死两茫茫）是一首怀念亡妻的悼亡词。词人结合自己十年来政治生涯中的不幸遭遇和无限感慨，形象地反映出对亡妻永难忘怀的真挚情感和深沉的追忆。唐五代及北宋描写妇女的词篇，多数境界狭窄、词语尘下。苏轼此词境界开阔，感情纯真，品格高尚，读来使人耳目一新。

婉约词气质的改变及词品的提高，还使苏轼的咏物词看来另有寄托。《水龙吟》咏杨花，写得仪态万方、柔情无限，词云：

似花还似非花，也无人惜从教坠。抛家傍路，思量却是、无情有思。萦损柔肠，困酣娇眼，欲开还闭。梦随风万里，寻郎去处，又还被、莺呼起。　不恨此花飞尽，恨西园、落红难缀。晓来雨过，遗踪何在？一池萍碎。春色三分，二分尘土，一分流水。细看来，不是杨花，点点是离人泪。

虚实兼异，形神并茂。刘熙载《艺概·词曲概》说："东坡《水龙吟》起云：'似花还似非花'，此句可作全词评语，盖不离不即也。"王国维对此词也推崇备至，他说："咏物之词，自以东坡《水龙吟》为最工。"周济所说的北宋词"无寄托",不可一概而论,像苏轼这样少量的咏物词(包括上面例举的《卜算子》),就是另有寄托的。

第二,这类词不再多作缠绵悱恻的抒情,语气变得爽快利落,且时时作旷达之想。北宋婉约言情词,往往沉湎于一己的痛苦,越陷越深,难以自拔。晏几道和秦观被称作"古之伤心人",就在这方面表现得格外突出。苏轼生性豪迈,在现实生活中倔强刚直,没有什么磨难能击倒他。他写相思别离的婉约词,因此也与他人的一味沉沦不同。《蝶恋花》作于"花褪残红青杏小"之暮春季节,这本来是一个"枝上柳绵吹又少"之花落花飞令人伤感的季节。但是,词人没有因此自怜自伤,而是以开阔的心胸、倔强的意志去对待自然界季节的更换与人世间的风雨变幻。"天涯何处无芳草",何必为奔走流离而痛苦?何必为春去花落而伤心?只要你对生活保持着乐观的态度,以豁达的胸襟去接受一切,你就能在现实生活中处处发现美好的事物。苏轼生平不就是如此实践的吗?。

在苏轼生活的周围,能持有如此乐观通达生活态度的人也能够特别获得苏轼的赏识。苏轼曾作一首《定风波》赠友人侍妾,自序说:"王定国歌儿曰柔奴,姓宇文氏,眉目娟丽,善应对,家世在京师。定国南迁归,余问柔:'广南风土应是不好?'柔对曰:'此心安处,便是吾乡。'因为缀此词云。"词云:

常羡人间琢玉郎,天应乞与点酥娘。尽道清歌传皓齿,风起,雪飞炎海变清凉。　万里归来颜犹少,微笑。笑时犹带岭梅香。试问岭南应不好,却道,此心安处是吾乡。

即使不做旷达之想，苏轼写别离之情的词读起来依然畅快爽朗。《少年游》说：

去年相送，余杭门外，飞雪似杨花。今年春尽，杨花似雪，犹不见还家。　　对酒卷帘邀明月，风露透窗纱。恰似姮娥怜双燕，分明照、画梁斜。

送别之际，雨雪霏霏。冬去春尽，犹不见离人回家。思念之时，只能饮酒解愁，对双燕而自我怜惜。这么一首抒写别离情思的词作，读起来却感觉到爽快利落，朗朗上口。与他人之牵肠挂肚、肝肠寸断之作明显不同。与此适应，苏轼这类婉约词所设置的境界也是比较开阔的。《南乡子》咏"春情"，上片说："晚景落琼杯，照眼云山翠作堆。认得岷峨春雪浪，万顷蒲萄涨渌醅。"其雄阔的视界与豪放之作近似。

3.形式与技巧的诗化

词应该是合乐歌唱的，在这一点上词与诗已经有了根本的区别。如果填词不再顾及音乐的需要，甚至不可入乐演唱，词与诗的一个关键区别点就不复存在。突破音乐的界限之后，词与诗就更加容易气息相通。北宋词人对苏轼词的批评、不满都集中在这一方面。就当时来讲，作为倚声歌唱的曲词没有而且也不可能脱离乐曲，因为它要广泛传唱，所以，要求合律，应当说是有一定道理的。但是，从词的本身的独立性与长远观点来看，词的诗化与某些不合音律的现象，又是词的发展的必然趋势，无法阻止得了。

据宋人记载：苏轼的《永遇乐》（明月如霜）、《蝶恋花》（花褪残红青杏小)、《水调歌头》(明月几时有)等皆被时人广为传唱。苏轼作《瑶池燕》,自言:"琴曲有《瑶池燕》,其词不协,而声亦怨咽,变其词作《闺怨》。"(赵令畤《侯鲭录》卷三)即苏轼有依据乐曲改写歌词的才能,苏轼词中"檃括"之作当属这一类。苏轼词前之小序也多次提及自己应酬歌者或酒宴的需求,当场填词。所以,苏轼懂音乐、其词可歌是没有疑问的。然而,苏轼生性不羁,对音乐的不精通使他更不喜欢剪裁歌词以迎合乐律的要求,因此,苏轼部分词不可歌也是事实。推崇苏轼之创新的宋人另有一番理解,《能改斋漫录》卷十六引晁补之语说:"居士词人谓多不协律,然横放杰出,自是曲子中缚不住者。"陆游在《老学庵笔记》卷五中说:"公非不能歌,但豪放,不喜剪裁以就声律耳。试取东坡诸词歌之,曲终,觉天风海雨逼人。"苏轼"以诗为词"实际上是大大开拓了词的创作道路,为南宋词之风起云涌做好了充分的准备。苏轼"以诗为词"的进步意义恰恰表现在这里。

简言之,苏轼词的"诗化",其主要特点是扩大了词的内容,尽量用词这一形式来反映诗歌所能反映的题材,同时又要保留词的韵味和特点。他是很注意词的"诗化"与词的韵味。就现存资料来看,苏轼曾不满意于柳永词风的柔靡,但另一方面,他又高度评价柳词中近于唐诗的高妙之境。据赵令畤《侯鲭录》卷七所载,苏轼曾说过柳永《八声甘州》之"霜风凄紧,关河冷落,残照当楼"数句,"不减唐人高处"。这里所说的"高处",也就是指唐诗中所表现出的那种沉雄博大的气象,壮阔高远的意境,以及劲健清新的节奏。柳永"霜风"诸句立足高处,放眼远望,境界恢弘开阔,很容易使人联想到杜甫诗中的《秋兴》《登高》等名篇,故深得苏轼赞赏。苏轼《念奴娇·赤壁怀古》《水调歌头》等所追求的也正是这一"高处",其所以成功,也恰恰表现在这一点上。也就是说,苏轼的"以诗为词",同时又是保留了词本身特有的韵味。所谓"以诗为词",并不是说,把诗歌的题材、立意、结构、技法、语言、韵律等毫无选择地、一股脑儿摆到词里边来。如果这样做,其结果必然是诗不像诗,词不类词。苏轼的"以诗为词",主要是以诗的意境和韵味入词,同时又保留并发挥词之特有的艺术魅力。这才是成功之作。

"诗化"创新的结果,使苏轼词的抒情模式发生了极大的变化。词中往往以自我为抒情主人公,突出自我的主观情绪,表现个体的心灵矛盾。欧阳修以来在歌词创作方面的零星突破至此汇集成为汪洋大海,最终改变了歌词的气质。诗歌常用的诸多创作手法、技巧也被引入歌词,最为典型的是以议论入词。宋人诗歌好发议论,苏轼诗中就有很突出的表现。这种手法也常常被运用到苏轼词的创作之中。除了上述的说禅说理词以外,又如:"蜗角虚名,蝇头微利,算来著甚干忙。事皆前定,谁弱又谁强?"(《满庭芳》)"不独笑书生底事,曹公黄祖俱飘忽。"(《满江红》)"用舍由时,行藏在我,袖手何妨闲处看?"(《沁园春》)"尘心消尽道心平,江南与塞北,何处不堪行。"(《临江仙》)像"人有悲欢离合,月有阴晴圆缺,此事古难全""长恨此身非我有,何时忘却营营"等,就更加脍炙人口,传播广泛了。

苏轼词筚路蓝缕的开拓,同时也给词的发展带来负面影响。例如,他的词不再强调对音乐的依附性,使词朝着独立抒情诗体的方向发展,同时也消融了词的音乐特征,使诗词逐渐合流。词的独特审美特征一经消解,就不可能再引起读者的特殊兴趣,这是南宋词渐渐走向衰亡的重要原因之一。而且，苏轼词个别篇章、辞句，奔放有余，含蓄不足，遂开南宋粗豪叫嚣一派。沈义父说："近世作词者不晓音律，乃故为豪放不羁之语，遂借东坡、稼轩诸贤自诿。"（《乐府指迷》）透露了个中消息。周济因此说："人赏东坡粗豪，吾赏东坡韶秀。韶秀是东坡佳处，粗豪则病矣。"（《介存斋论词杂著》）周济所看重的是保留着"韶秀"独特韵味的词作。

总的看来，苏轼词的"诗化"革新是成功的。他通过自己的创作，打破了诗与词在内容和题材上的严格界限，适应了诗、词合流这一历史的必然趋势。苏轼的大胆探讨，为词的发展提供了成功与失败两方面的经验，在形式与技术方面丰富了词的表现能力。所以，尽管具有清雄旷达词风的作品在现存苏轼词中为数并不多，但它却具有顽强的生命力，在文学史上具有开宗立派的历史性作用。

苏轼别开生面的创作，是北宋词之最高成就的代表之一。苏轼的开宗立派，对当时以及后来的作家有着巨大而深远的影响。北宋后期词人对苏轼词的肯定还是零散的，只言片语的，如黄庭坚称赞苏轼词"超逸绝尘"，晁补之称赞苏轼词"横放杰出"等等。到了南宋，由于社会环境的巨变，家国面临危难沦亡之际，词人内心的慷慨悲愤之气需要抒发，苏轼词的巨大影响立即显现出来。同时，苏轼词也获得南宋词人、词论家的一致肯定。胡寅在《酒边词序》中说："及眉山苏氏，一洗绮罗香泽之态，摆脱绸缪宛转之度，使人登高望远，举首高歌，而逸怀浩气，超然乎尘垢之外。于是花间为皂隶，而柳氏为舆台矣！"王灼在《碧鸡漫志》卷二中也肯定说："东坡先生非心醉于音律者，偶尔作歌，指出向上一路，新天下耳目，弄笔者始知自振。"胡仔在《苕溪渔隐丛话》后集卷二十六中称赞说：苏轼词"绝去笔墨畦径间，直造古人不到处，真可使人一唱而三叹。"刘辰翁在《辛稼轩词序》中也说："词至东坡，倾荡磊落，如诗如文，如天地奇观，岂与群儿雌声学语较工拙。"这就是说，苏轼打破了词的狭窄的樊篱，为长短句歌词注入了新的生命，激发起豪杰志士的爱国激情。所以，在"靖康之乱"以及其后宋、金对峙的漫长历史时期（包括元灭南宋前后），爱国词的创作风起云涌，并成为词史上永世不衰的优良传统。

第四节　清真词风

周邦彦是北宋词坛的终结者。周邦彦之前的词坛，已经提供了多方面的创作经验与启示：从题材内容方面来说，经苏轼"诗化"革新突破，"无意不可入"，同时代作家贺铸又努力将其引导到"比兴深者"的道路上去；从风格类型方面来说，婉约与豪放并存，委婉言情的作风依然是词坛的主流创作倾向，雄放旷逸的作风也如涓涓细流，不绝如缕；从歌词体式方面来说，令、引、近、慢诸体皆备，尤其是慢词兴起之后，迅速获得广大词人的喜爱，与小令一起成为词坛创作的两种主要体式；从审美风貌来说，广大词人逐渐摒弃俚俗而回归风雅，然中间又经柳永的有意冲击，俚俗词成为词坛不可忽视的创作倾向，并在以后词人创作中或多或少得到表现。周邦彦就是在这样的基础上对北宋词坛进行总结，并获得了全面的丰收，对南宋词坛的影响最为广泛深远。

一、精通音乐的词人

周邦彦是北宋后期最优秀的词人。他继柳永、苏轼之后，从歌词内部之声律音韵、结构方式、艺术手法等方面改造了北宋词，为南宋词人之创作建立起一套可供寻觅的创作形式。以他的创作为"范式"的清真词风，在南宋词坛最为流行，并汇聚成浩浩荡荡的"雅词"创作潮流。

周邦彦（1056—1121），字美成，号清真居士，有堂名"顾曲"，钱塘（今浙江杭州）人。周邦彦早年"疏隽少检，不为州里推重，而博涉百家之书"（《宋史·周邦彦传》）。宋神宗元丰初游汴京，为太学生，便享有文名。其后，因献《汴京赋》七千言，称颂熙、丰新法，得到神宗的赏识，由一个普通的太学生而被擢升为太学正，声名一时大振。由于周邦彦与新党关系密切，元祐年间旧党执政时期很不得志，流转各地。先被除为庐州（今安徽合肥）教授，秩满转荆州（今湖北江陵），迁任溧水（今属江苏）县令。哲宗亲政，新党复得势，周邦彦也随之回到京城，任国子监主簿。哲宗欲承继乃父神宗业绩，对获神宗眷顾的士大夫也格外施恩，命周邦彦重进《汴都赋》，授秘书省正字。徽宗即位，周邦彦改除校书郎，历考功员外郎，卫尉宗正少卿兼议礼局检讨。政和二年（1112）出知隆德府（今山西长治），迁知明州（今浙江宁波）。政和六年（1116）回京，拜秘书监。徽宗也企图承继乃父神宗遗志，对曾获神宗赏识者心存好感，召见周邦彦，再度问起《汴都赋》，周邦彦对答、进表得体，进徽猷阁待制，提举大晟府。但周邦彦不善阿谀奉承，与徽宗年间朝廷中谄媚的风气格格不入，所以，在大晟府任职不到半年，没有任何作为即被调离。出知真定府（今河北正定），改知顺昌府（今安徽阜阳）。徙知处州（今浙江丽水），未到任，又奉祠提举南京（今河南商丘）鸿庆宫。宣和三年（1121）卒于此。有《清真集》传世，又名《片玉词》，存词206首（本集127首，补遗79首）。

二、清真词"雅化"创作业绩

歌词的"雅化"应该是一个完整的概念，包括题材内容的改造，使其品位提高、趋于风雅；音乐声韵的改造，使其八音克谐、和雅美听；表现手法的改造，使其含蓄委婉、精美雅丽等等。清真词在题材内容方面，并无多大改造。南宋词人所推崇的，是清真词的音韵协美、格律谨严。如方千里、杨泽民、陈允平等人填词辨明四声，严格遵守清真词格律模式等等。清真词对南宋词影响最为深远的集中体现在表现手法的改造方面，大晟词人这方面的作为，被南宋雅词作家奉为创作典范。至南宋末《词源》《乐府指迷》《词旨》等著作出，清真词的作为更是得到了条理性的归纳和总结。以下分四方面分析。

1.融合前人诗句以求博雅

北宋人作诗，喜欢"以文字为诗""以才学为诗"，发展到江西诗派，形成"无一字无来历"的创作理论。这与北宋自上而下逐渐形成的一个仰慕风雅、以儒雅知文自命的传统密切相关，南宋魏庆之《诗人玉屑》等书为这一现象列出专卷，详细分析"沿袭""夺胎换骨""点化"等多种门类，说明这一创作现象存在的普遍性和宋人的充分重视。宋代印刷术发展，为广大文人的"读万卷书"提供了充分便利。宋人沉浸在书本之中，仰慕前贤，喜融合前人语句以求博雅。这样的创作风气对歌词的填写之影响也是十分深刻的。

化用前人诗句的关键在于"如同己出"。"浑然天成"，"正如李光弼将郭子仪之军，重经号令，精彩数倍。"（魏庆之《诗人玉屑》

卷八引《韵语阳秋》)周邦彦达到此种境界,也是一个渐进的过程。周邦彦三十岁以后官外州县,在外地辗转达十余年。经历了仕途的风波险恶,品尝了旅舍的孤寂无聊,性格由少年的急躁、不羁转为阅尽人情世态后的淡泊恬静。这段时期的词作有越来越多身世遭遇的凄苦怨愁,意境深沉。与此同时,周邦彦对前贤诗文的理解加深,在世路风波,人情冷暖等方面皆有了认同感,化用前贤诗句的现象增多,渐渐显露出"善于融合诗句"的特色。比较典型的代表作是官溧水时写的《满庭芳》,词云:

风老莺雏,雨肥梅子,午阴嘉树清圆。地卑山近,衣润费炉烟。人静乌鸢自乐,小桥外、新绿溅溅。凭栏久,黄芦苦竹,拟泛九江船。　年年,如社燕,飘流瀚海,来寄修椽。且莫思身外,长近尊前。憔悴江南倦客,不堪听、急管繁弦。歌筵畔,先安簟枕,容我醉时眠。

兹将该词化用唐诗部分列出:"雨肥梅子"用杜甫《陪郑广文游何将军山林十首》之五"红绽雨肥梅";"午阴嘉树清圆"用刘禹锡《昼居池上亭独吟》"日午树阴正";"地卑山近"到"拟泛九江船"用白居易《琵琶行》"住近湓江地低湿,黄芦苦竹绕宅生";"且莫思身外,长近尊前"用杜甫《绝句漫兴九首》之四"莫思身外无穷事,且尽身前有限杯"。这首词不仅仅是简单地化用唐人诗句,而且结合唐人的遭遇、诗意,写己身流落之悲慨。上阕大段点化《琵琶行》诗意,使读者由白居易的遭遇反思词人的处境和心情,获得了"天涯沦落人"的丰厚的文化意蕴。陈廷焯评此词"说得虽哀怨,却不激烈，沉郁顿挫中别饶蕴藉。"(《白雨斋词话》卷一）此种特色之表现，正在于词人对唐诗语句、意境的化用。

真正做到融合前贤诗语，左右逢源，如有神来之笔，一经点化，精彩纷呈，这是周邦后期词的成就。《清真集》中被推举为"压卷"之作的《瑞龙吟》，学者一般认为是周邦彦绍圣四年（1097）还京之作。该年周邦彦四十二岁，正当壮年，且此次被召还京正是周邦彦仕途由衰而盛的转折点。《瑞龙吟》中所流露出来的浓重的低徊伤感情绪及孤寂落寞的心境与词人这阶段的际遇不相符合。周邦彦政和六年（1116）六十一岁时三度被召入京，此时他已彻底淡泊功名利禄，又与当权者格格不入，不久即被排挤出京。《瑞龙吟》更似表达此次还京后的心情意绪。词云：

章台路。还见褪粉梅梢，试花桃树。愔愔坊陌人家，定巢燕子，归来旧处。　黯凝伫。因念个人痴小，乍窥门户。侵晨浅约宫黄，障风映袖，盈盈笑语。　前度刘郎重到，访邻寻里，同时歌舞。惟有旧家秋娘，声价如故。吟笺赋笔，犹记燕台句。知谁伴、名园露饮，东城闲步。事与孤鸿去。探春尽是，伤离意绪。官柳低金缕。归骑晚，纤纤池塘飞雨。断肠院落，一帘风絮。

这首诗结合刘禹锡、李商隐、杜牧三人的故事，化用三人诗意，而不是前期那种一对一的比拟，将自己暮年被召还京的复杂心境呈现出来。刘禹锡《再游玄都观绝句》说："百亩庭中半是苔，桃花净尽菜花开。种桃道士知何处，前度刘郎今又来。"周邦彦先以刘禹锡自拟，写自己飘泊多年、阅尽世事沧桑、京城重到、"访邻寻里"已无当年盛况的寂寞凄苦心境。以下连用李商隐、杜牧的典故作为补充。李商隐《柳枝》诗序说：洛中女子柳枝咏其《燕台》诗，芳心相系。周词"障风映袖"句即用李序中"风障一袖"语。杜牧有《杜秋娘诗》，叙金陵女子杜秋娘的遭遇；又有《张好好诗》，写洛阳城东重睹好好之感旧伤怀。周词"旧家秋娘""东城闲步"即化用这两首诗的诗意。以下"事与孤鸿去"一语，也用杜牧《题安州浮云寺楼寄湖州张郎中》"恨如春草多，事与孤鸿去"诗句。通过三位唐代诗人经历及有关诗意的熔铸，周邦彦暮年情感的失落、心情的黯淡被表现得既含蓄蕴藉、又淋漓尽至。这种出神入化的运用，到了南宋姜夔《扬州慢》之类的词作，又重放光彩。

2. 推敲章法结构以求精雅

歌词文人化气质越浓，对章法结构的推敲就越精细，这也是北宋词内部结构发展的一种走势。后人充分意识到清真词在章法结构推敲上所达到的成就，近人夏敬观说："耆卿多平铺直叙，清真特变其法，一篇之中，回环往复，一唱三叹。故慢词始盛于耆卿，大成于清真。"① 具体地说，柳永词多依据时间顺序作流水式的铺陈，是"线型结构"。周邦彦词则打乱时间顺序，多用"逆挽"手法，倒叙、插叙相结合，依据心灵情感的流动过程，有开有合，回环往复，可称为"环型结构"。唐圭璋先生《唐宋词简释》选清真词十六首，篇篇侧重于章法结构的分析，如简析《兰陵王·柳》说：

此首第一片，仅就柳上说出别恨。起句，写足题面。"隋堤上"三句，写垂柳送行之态。"登临"一句陡接。唤醒上文，再接"谁识"一句，落到自身。"长亭路"三句，与前路回应，弥见年来漂泊之苦。

---

① 《手评乐章集》，转引自龙榆生《唐宋名家词选》第87页。

第二片写送别时情景。"闲寻",承上片"登临"。又"酒趁"三句,记目前之别筵。"愁一箭"四句,是别去之设想。"愁"字贯四句,所愁者即风快、舟快、途远、人远耳。第三片实写人。愈行愈远,愈远愈愁。别浦、津堠、斜阳冉冉,另开拓一绮丽悲壮之境界,振起全篇,"念月榭"两句,忽又折入前事,极吞吐之妙。"沈思"较"念"字尤深,伤心之极,遂迸出热泪。文字亦如百川归海,一片苍茫。(第126页)

周邦彦此词据本事记载也是作于任职大晟府前后。词人先写"送行之态",再回溯到"送别时情景",照应到别后之事,结构上浑然一体。围绕咏柳抒别离之情的主题,词人采用"陡接""与前路回应""别去之设想""折入前事""吞吐"等复杂笔法,波澜顿挫。不仅吸取了柳永词章法结构上的优点,而且有更多艺术手法上的开拓。

3.追求韵外之旨以示风雅

词"雅化"的一条根本性要求是对题材内容、情感表达所提出的。周邦彦对传统的艳情题材加以改造。在善于体物言情的基础上,力求表现的含蓄化、深沉化,时而"将身世之感打并入艳情",触动墨客骚人江湖流落、仕途不遇的愁苦之情,使歌词仿佛若有喻托,别具象外之意、韵外之旨。

周邦彦追求"韵外之旨",与北宋词坛的审美风尚的逐渐转移密切相关。周济说:"北宋词,下者在南宋下,以其不能空,且不知寄托也;高者在南宋上,以其能实,且能无寄托也。"(《介存斋论词杂著》)周济所说北宋词"无寄托",只是一种粗线条描绘。而不是概括无遗的定论。其实,随着北宋词"雅化"程度的深入,当歌词由"花间"代言体演变为词人抒情达意的自言体时,就不可避免地出现"身世之感"。这种"身世之感"被隐于作品背后，然后又明确无误地表现出来时，就构成兴寄喻托。苏轼词是北宋的一个转折点，苏轼之后，歌词中的喻托成分明显增加。苏轼以"一蓑烟雨任平生"（《定风波》）喻己坦荡胸怀，以"拣尽寒枝不肯栖"（《卜算子》）喻己孤高情怀，成为北宋词中最早有明确喻托之意的作品。

周邦彦对"韵外之旨"的追求，便发生在词坛已经自觉意识到比兴喻托之义的重要性上，并在创作实践中有所表现的背景之下。王灼喜欢将周邦彦与贺铸并提，说："柳（永）何敢知世间有《离骚》，惟贺方回、周美成时时得之。"（《碧鸡漫志》卷二）注重的就是贺、周二人能得《离骚》比兴之义。王灼举周邦彦《大酺》《兰陵王》诸曲为例，称其"最奇崛"。周邦彦追求"韵外之旨"最具代表性的作品是咏物词，其《六丑·蔷薇谢后作》说：

正单衣试酒，怅客里、光阴虚掷。愿春暂留，春归如过翼，一去无迹。为问花何在？夜来风雨，葬楚宫倾国。钗钿堕处遗香泽。乱点桃蹊，轻翻柳陌。多情为谁追惜？但蜂媒蝶使，时叩窗隔。东园岑寂，渐蒙笼暗碧。静绕珍丛底，成叹息。长条故惹行客，似牵衣待话，别情无极，残英小，强簪巾帻。终不似一朵，钗头颤袅，向人欹侧。漂流处，莫趁潮汐。恐断红、尚有相思字，何由见得？

据周密《浩然斋雅谈》卷下载：徽宗曾问"六丑"之义，周邦彦对曰："此犯六调，皆声之美者，然绝难歌。昔高阳氏有子六人，才而丑，故以比。"据此，《六丑》也是徽宗时的"新声"。词题标明是咏落花，全词惜花伤春，其深层注入自我身世不幸的感伤。首三句言明"客里"伤春惜花情感之所由生。以下层层铺垫，从挽留春光无奈到风雨花落满地，到"蜂媒蝶使"多情，静绕东园珍丛，以"长条"三句收束，回到自身，照应开篇。人惜花，花亦怜人，结合"客里""行人""别情"，不难想象，"长条"或是怜惜词人流落他乡、终生困顿，或是同情词人与佳侣离别、旧情难觅等等。这才是全词的主旨所在。故词尾便以人事的嘱托为结。《蓼园词评》评说此词云："自叹年老远宦，意境落寞，借花起兴，以下是花是自己，比兴无端。指与物化，奇情四溢，不可方物。人巧极而天工生矣。结处意致尤缠绵无已，耐人寻绎。"

4.注重音韵声律以示醇雅

周邦彦精通音乐声律，他的作品讲求格律音韵，有时甚至注重四声搭配。周邦彦多为"新声"填词，前人早有概括叙述。清人《词谱》中又详细罗列出"调见清真乐府""调始清真乐府""创自清真"等几类词调。王灼《碧鸡漫志》卷二说："江南某氏者解音律，时时度曲，周美成与有瓜葛，每得一解，即为制词，故周集中多新声。"具体地说，调首见《清真集》者，有以下作品：

《蕙兰芳引》《华胥引》《塞翁吟》《浣溪沙慢》《月下笛》《玲珑四犯》《丁香结》《锁窗寒》《垂丝钓》《凤来朝》《玉团儿》《青房并蒂莲》《双头莲》《隔浦莲》《一剪梅》《四园竹》《解蹀躞》《红林擒近》《侧犯》《大有》《绕佛阁》《渡江云》《玉烛新》《宴清都》《庆春宫》《忆旧游》《花犯》《双头莲》《倒犯》《氐州第一》《还京乐》《绮寮怨》《丹凤吟》《六丑》《瑞龙吟》《红罗袄》《解连环》《大酺》《烛影摇红》《西河》《夜飞鹊》《拜星月》《意难忘》《扫地花》《粉蝶儿慢》《万

里春》

以上共得46调，《扫地花》以下3调《全宋词》只存1首。周邦彦存词186首，用112调，"新声"占用调的41%。今天我们已无法恢复清真词"新声"的音乐原貌，只能依据其格律声韵作隔一层的品味。如王国维先生评周邦彦词说："今其声虽亡，读其词者犹觉拗怒之中，自饶和婉，曼声促节，繁会相宣，清浊抑扬，辘轳交往。"（《清真先生遗事》）近人邵瑞彭的《周词订律序》也在细辨后加以肯定说：词律之义有二：一为词之音律，一为词之格律。所谓词之音律，如宫调，如旁谱，宋人词集中往往见之，然节奏已亡，铿锵遂失……若夫词之格律，本为和龤音律而起，但音律既难臆测，不能不在字句声响间寻其格律。格律止求谐乎喉舌。音律兼求谐乎管弦，世未有喉舌不谐而能谐乎管弦者……尝谓词家有美成，犹诗家有少陵，诗律莫细乎杜，词律亦莫细乎周。（开明书店本）

周邦彦词格律之精细，在于其不仅辨清浊阴阳，而且讲究四声配搭。夏承焘先生《唐宋词字声之演变》说："《绕佛阁》之双拽头，目四声多合……此（指前两叠）十句五十字中，'敛'上去通读，'池''动''迥'阳上作去，'出'清入作上：四声无一字不合；此开后来方千里、吴梦窗全依四声之例；《乐章集》中，未尝有也。"四声之中，周邦彦又特别注意上、去两仄声的更番使用。万树《词律发凡》说："上声舒徐和软，其腔低；去声激厉劲远，其腔高；相配用之，方能抑扬有致。大抵两上两去，在所当避。"周邦彦《齐天乐》（绿芜凋尽台城路）尽得上、去迭用之妙，龙榆生先生《论平仄四声在词曲结构上的安排和作用》分析此词说：这里面的拗句，如"殊乡又逢秋晚"的平平仄平平仄，第三字必得用去声，"露萤清夜照书卷"宜用去平平去去平去，"荆江留滞最久"宜用平平平去去上。"离思何限"宜用平去平去。还有领头字的"叹""正"两字也一定要用去声。此外，连用两仄，如"静掩""尚有""眺远""醉倒""照敛"，都是去上迭用。(《词曲概论》，上海古籍出版社，1980）

此外，领字的运用、入声韵的选择、奇偶句的相配，周邦彦都为南宋词人提供了范例。

第三章　南宋词

　　宋代历史进程因金兵的入侵被截为北宋与南宋两段。相应地，北宋词与南宋词，也成为显著不同的两个发展阶段。北宋与南宋的社会环境完全不同。北宋是从分裂走向大一统，社会曾经一度繁荣昌盛，这种"太平盛世"的观念一直顽固地延续到北宋末年。北宋词人生活得安逸，生活得有朝气，生活得有追求。南宋则由统一走向分裂，始终苟全于北方强大的军事胁迫之下，一直承受着异族随时入侵的巨大精神压力。南宋词人生活得窘迫，生活得忧愤，甚至生活得失去希望。所以，南北宋词人的创作内容、创作心态、创作风格都发生了诸多变异。

　　金兵入侵，北宋覆亡。南宋小朝廷，始终笼罩在外族入侵的阴影之下。南宋所有的文学体裁，无不受这历史巨变的影响。概览南宋词坛，词亦不得不走出象牙之塔，把目光投向更广阔的社会现实。苏轼豪放词，在此时发挥了广泛的影响。此后，偏安局面形成，社会稍复稳定，讲究格律、词藻、创作技巧的倾向再次抬头。他们继承周邦彦的传统，又各有全新的发展。至南宋末年及亡国之后，两条创作线索交织在一起。词作向着晦涩难懂的方向发展，逐渐失去生命，于是被新兴的文学体裁所代替。

第一节 易安词风

在两宋时期，李清照是独一无二的。从时间与总体风貌来说，她属于"南渡词人"群，且是这一群体中成就最高的词人。然而，她又卓然于诸大家之外，自成一体。她那独立不羁的个性和艺术风格，新人耳目。李清照的创作成就，毫不逊色于任何一位男性词人。宋代文人对李清照早已经拳拳服膺。王灼说："若本朝妇人，（李清照）当推文采第一。"（《碧鸡漫志》卷二）朱彧说："本朝女妇之有文者，李易安为首称。"（《萍洲可谈》卷中）历代众多心高气傲的文人墨客更是倾倒于她的卓越才华。"男中李后主，女中李易安，极是当行本色。前此太白，故称词家三李。"（王又华《古今词论》引沈去矜词论）

一、李清照个性之成因

李清照（1084—1151），自号易安居士，济南（今山东济南市）人。李清照出生于书香门第。父亲李格非，字文叔，是当时著名的学者。李清照的母亲王氏，则是仁宗朝重臣状元王拱臣的孙女，同样出身名门，有着极高的文学修养，《宋史·李格非传》称其"亦善文"。父母双方的家学渊源，为李清照奠定了深厚的文化底蕴。

李清照大约出生于家乡济南章丘，童年时代随父居住在都城汴京。宋徽宗建中靖国元年（1101），18岁的李清照与21岁的赵明诚结为伉俪。婚后第二年，李清照的父亲李格非被打入"元祐党人"之列，赶出了京师。大观元年（1107）七月，赵挺之死后赵明诚被罢免官职。李清照再一次经历了生活风波的打击。在政敌蔡京的指使下，朝廷大兴刑狱，因父丧去官的赵明诚兄弟锒铛入狱。所幸的是这场暴风疾雨很快就过去了。赵挺之的三个儿子一齐被罢免官职，赶回老家闲居。李清照陪伴着赵明诚，婚后第一次回到山东青州居住。这一次回青州，李清照与赵明诚夫妻共同乡居了十年时间。大约在政和七年（1107）前后，赵明诚再度离家，开始了新的一轮仕途奔波生活。直到宣和三年（1121），才出任莱州郡守。这时候，赵明诚已经有能力将李清照从青州接出，到任所团聚。赵明诚在淄州任所，迎来了北宋动荡乃至灭亡的最后一场大灾难。靖康年间，金灭北宋，44岁的李清照举家南渡。两年之后，赵明诚在赴任湖州途中中暑病故。在颠沛流离之中，夫妻一生辛勤收集的金石文物损失殆尽，李清照在孤苦无依的生活中结束了一生。

李清照是一位个性极强的古代女性作家。生活在封建时代，李清照仍然无法摆脱那个窒息女子才华的社会给她带来的无形压力。李清照从来都是以强烈的自信与之做不屈的抗争。她的《渔家傲》最能说明这种个性特征，词云：

天接云涛连晓雾，星河欲转千帆舞。仿佛梦魂归帝所，闻天语，殷勤问我归何处？　　我报路长嗟日暮，学诗谩有惊人句。九万里风鹏正举。风休住，蓬舟吹取三山去。

李清照这种自强自信的个性，与"女子无才便是德"的封建规范相违背，李清照与现实观念、周围社会的碰撞、冲突也就不可避免，在现实生活中表现为种种叛逆的方式。

作为一位一流的艺术大师，必须具有鲜明的个性特征，方能塑造出"这一个"，形成与众不同的风格。探索李清照个性之成因，必须把目光回溯到她早年的生活及其环境。

1. 早期教育和家庭环境

首先，李清照有着良好的早期教育和宽松自由的家庭环境。李清照自幼便生活在一个学术氛围与文学艺术氛围都十分浓厚的家庭环境里，耳濡目染，李清照早年便接受了良好的家庭教育，为后来的文学创作打下坚实的基础。少女时代的李清照便显露出与众不同的艺术才华。她精通音乐，而且，还擅长书法、绘画；她的作品，明清之际还较多地见诸记载。当然，李清照最为擅长的还是文学创作，《碧鸡漫志》卷二称李清照："自少年便有诗名，才力华赡，逼近前辈。在士大夫中已不多得。"才华横溢的李清照，在少女时代便显现出与众不同的文学天赋，也在这一阶段逐步形成了卓尔不群的个性。

历代士大夫家庭不乏聪慧的才女，却很少能像李清照那样脱颖而出。这里更关键的原因是李清照生活在一个宽松开明的家庭环境之中，天真少女之身心都得到相对自由的发展，率真的心灵较少受到扭曲。这与其父李格非的学术渊源有关。李格非为苏门"后四学士"之一，其学术思想、人生态度都深受苏轼的影响。苏轼所论，崇尚真情与个性。因此，苏门师生的文学创作，较多地流露出创作主体的真情本性，经常如"万斛泉源，不择地而出"，少有现实或世俗的顾忌。道貌岸然的理学家们对此深恶痛绝，苏轼的政敌也多以此为口实，攻击苏门师友。例如，元祐三年（1088），后来成为李清照公公的赵挺之攻击黄庭坚"恣行淫秽，无所顾惮"（《续资治通鉴长编》卷四百十一）；元祐六年（1091），杨康国攻击苏辙"所为美丽浮侈，艳歌小词"（《续资治通鉴长编》卷四百五十五）。这与南宋人士对李清照创作的指责，如出一辙。李格非置身于苏门这样一个相对自由通脱的学术环境之中，思想意识与行为方式深受影响。表现于家庭管理与子女教育方面，李格非并不轻视或束缚女性，任由李清照自由发展身心，为李清照的成长提供了一个宽松的家庭环境。

李清照有《如梦令》词，描述自己少女时代的生活，是最好的文献资料。词云：

常记溪亭日暮，沉醉不知归路。兴尽晚回舟，误入藕花深处。争渡，争渡，惊起一滩鸥鹭。

令人诧异的是一位大家闺秀，居然可以外出尽兴游玩到天色昏黑，而且喝得酩酊大醉，以致不辨归路，"误入藕花深处"。迷路之后，没有迷途的惊慌，没有归家唯恐父母责怪的惧怕，反而又兴致勃勃地发现了"鸥鹭"惊起后的另一幅色彩鲜明、生机盎然的画面，欢乐的气氛始终洋溢着。这样自由放纵的生活对少女李清照来说显然并不陌生，也是充分地获得父母家长许可的。否则，只要一次严厉的责骂，美好的经历就可能化作痛苦的记忆。这首词显示出少女李清照的任性、率真、大胆和对自然风光的喜爱，这样的行为及个性与李格非自由的家教、宽松的家庭环境密切相关。李清照自主、自强、自信的品格在的环境中缓慢形成。成年之后，李清照始终不肯"随人作计"的独立性格，对爱情的大胆率真追求与表达，就根植于早年这样的家庭环境与教育。

2.美满的婚姻

其次，李清照的第一次婚姻生活美满、幸福。古人通常早婚，结婚时往往性格还没有最后定型。作为一位18岁的少女，李清照结婚时性格不能说是完全成熟了。婚姻，对于任何时代的女子来说，都是生活环境的巨大改变，是人生旅程的一大转折。她们不得不结束有父母可以依傍、可以撒娇的天真烂漫的少女生活，承担起一定的家庭义务与责任，要以新的角色身份去面对陌生的公婆与丈夫。这种巨大的转变和陌生的身份，对一位稚嫩的少女来说，往往因前期的心理与经验准备不够，而显得突兀。尤其是对古代女子而言，婚姻，意味着在重重的束缚之外，又增加一条"夫权"的锁链，许多家庭因此埋下悲剧的祸根。这在封建社会是司空见惯的。婚姻状况，对女子个性最后的成型，影响至深。古代封建社会青年男女婚姻，全凭"父母之命，媒妁之言"，一对彼此陌生的男女青年骤然间被组合到一起，成立一个新的家庭，相互之间在兴趣、性格、爱好、文化修养等诸多方面经常存在着巨大反差，夫妻之间很少有恩爱可言。古代女子更多的是"所嫁非偶"，婚姻就是青春生活的坟墓。在婚后凄风苦雨的煎熬中，许多女子被渐渐磨去才气与个性，憔悴枯萎，在凄凉无告中默默老去。宋代另一位著名的女词人朱淑真，就是一个典型的例子。朱淑真的才华与创作成绩在宋代女作家中仅逊于李清照。她"早岁不幸，父母失审，不能择伉俪"，所嫁非人，只能在断肠悲苦中吟咏自己的余生。没有这一段婚姻的不幸经历与非人折磨，朱淑真的创作成绩或许不在李清照之下。因此，李清照有了自己称心的丈夫，满意的婚姻，李清照确实是幸运的。

从李清照与赵明诚后来对待婚姻生活的态度来看，两人都是感情比较投入、比较真诚的。他们都具有率真的个性、对美好事物执着追求的纯情。他们的结合，是这种个性与纯情在现实社会中的某种体现。两人真是十分的幸运。他们的婚姻，从整体格局上没有摆脱"父母之命、媒妁之言"的模式，但是，两人在婚前有了一定程度的互相了解，乃至彼此产生倾慕之情，这为他们的婚姻奠定了良好的感情基础。这在男女隔绝的封建社会里就显得非常难能可贵。中国古代封建社会里那种一见钟情、生死相恋、白头偕老、海枯石烂永不变心的催人泪下的爱情故事，只能到戏曲、小说中去寻找，只存在于文人的幻想世界之中，现实人生则要平淡实际得许多。而李清照与赵明诚这样一段朦胧的婚前感情交往，就是那个平淡实际的现实社会里的一束火花，是平淡中的惊奇。李清照与赵明诚的婚姻，虽然不如戏曲、小说中的故事来得离奇，却完全可以套用一句老话："有情人终成眷属。"

李、赵二人情趣十分相投，婚后生活美满。他们节衣缩食，共同收集金石古玩，校勘题签，以读书为娱乐。夫妻诗词唱和，堪称神仙眷侣。崇宁初，李格非入"元祐党籍"，政治上遭受迫害打击，赵挺之则附和蔡京新党，成为朝廷新贵。在这一场政治风波中，李清照与赵明诚的政治倾向也完全相同，一起站在"元祐党人"的一边。李清照向赵挺之进言说："炙手可热心可寒，何况人间父子情。"赵明诚政治态度同样明朗。陈师道《与鲁直书》说："正夫有幼子明诚，颇好文义。每遇苏、黄诗，虽半简数字必录藏，以此失好于父。"（《后山居士集》卷十四）李清照作于晚年的《金石录后序》，以大量的篇幅回忆与赵明诚情投意合的恩爱生活，夫妻深情，款款流露。

相对美满、幸福的婚姻生活，为李清照个性的持续发展提供了又一种良好的氛围环境。李清照对生活更加充满信心，其自主、自强、自信的性格最后定型。终其一生，这种性格品质没有改变。

二、李清照前期词作

李清照存词47首。她的诗和散文也都有较高成就，但却以词著称于世。她的词以金兵攻占汴京为分界线，约可分为前后两个不同历史时期。纵观李清照的前期词作，大致表现了她闺中少女的生活情怀、婚姻的甜蜜与夫妻的深情、对丈夫的别后相思等几方面内容。

少女李清照纯真、自由的个性，充分地展露在对自然山水的喜爱中。有了《如梦令》(常记溪亭日暮)的叙述，就可以知道少女李清照外出游玩是比较随意、尽兴的。家庭的诗书教育是一个方面，山水景物的陶冶成为李清照早期教育的另一个方面，这就培养了李清照对生活的热爱与极其敏捷独到的审美感受能力。李清照总是欢欣鼓舞地投入到大自然的怀抱之中，品赏美丽的景色风光，生活是如此的美好而灿烂。《怨王孙》(湖上风来波浩渺)写秋日湖面景色。面对"红稀香少"的暮秋季节，词人不是在为荷花稀落、荷叶枯萎等流逝的风光景色而惋惜感伤，而是兴趣盎然地与"水光山色"相亲，品尝大自然"无穷"的美妙，以充满诗意的画笔勾勒出一幅优美动人的深秋湖面风景图。

李清照的婚姻是幸福的，因此，词人更加无法忍受离别相思的折磨。南渡以前，赵明诚需要求学、求仕，需要离家奔波，夫妻离别是不可避免的。作为一个感情细腻丰富、渴望获得异性爱情的女性作家，李清照内心的离愁别恨汹涌而来，留下了诸多脍炙人口的名篇佳作。《一剪梅》说：

红藕香残玉簟秋，轻解罗裳，独上兰舟。云中谁寄锦书来？雁字回时，月满西楼。　花自飘零水自流，一种相思，两处闲愁。此情无计可消除，才下眉头，却上心头。

李清照这段时间虽然被相思愁苦所包围着，但毕竟是一种生离之愁。与丈夫往日恩爱的情景给李清照无限美好的回忆，也给了她对丈夫归来的信心与信任。在歌词中，李清照会向赵明诚传达"人比黄花瘦"的消息，期望引起丈夫的怜爱，以图早日团圆。她本人更是翘首期盼着"雁字回时，月满西楼"的美好时光。有时，她也通过小词婉言劝说丈夫早日归来，夫妻一起消磨冬去春来的大好春光。

三、李清照后期词作

"国家不幸诗人幸，话到沧桑句便工。"应该说，最能体现李清照词的思想深度和艺术成就的作品出现于南渡之后。南渡以后，她饱尝国破家亡与颠沛流离之苦，生活视野有所扩大，词的内容多为思旧怀乡或反映个人身世的今昔之感，对国家前途与民族命运的关怀也时有流露。其过于凄苦哀伤之情调，是那个时代与家国苦难在歌词中艺术地体现。李清照在南渡之前与之后都写过大量的抒写离愁别恨的词篇，虽然无法为其做出比较确切的系年，但是，品味词中语意，还是可以做出大致区分的。南渡之前，是写生离之愁苦，悲伤中包含着期盼，冷清中又有热烈的渴望。她的一言一行，都是要引起赵明诚的充分注意，都是指向团聚的那一时刻。而南渡之后则是一种死别之悲苦，是人生了无趣味的生不如死的煎熬，是过一天算一天的彻底绝望。

李清照这一阶段的诗歌创作，大致都与家国的沦亡、现实的苦难、南北分裂的形势等等重大政治题材相关，而且，往往通过咏史的方式表达内心的忧愤。但是，这一阶段所创作的小词，除偶尔有点明时代苦难的原因外，多数时候却仍然在抒发相对私人化的情感，格调也偏于悲苦凄切。《临江仙》说：

庭院深深深几许？云窗雾阁常扃。柳梢梅萼渐分明。春归秣陵树，人老建康城。　　感月吟风多少事？如今老去无成。谁怜憔悴更凋零。试灯无意思，踏雪没心情。

这首词是李清照建炎三年（1129）正月在建康时所作。词前有小序说："欧阳公作《蝶恋花》，有'深深深几许'之句，予酷爱之。用其语作'庭院深深'数阕，其声即旧《临江仙》也。"李清照擅长用叠字来表达情感，据序中所言明显是受到欧阳修的影响。欧阳修的"深深深几许"之句，是写闺中女子被拘禁、受限制的痛苦，表达一种走出"深宅大院"、冲破牢笼的愿望。李清照反用其意，表现自己经世事离乱之后对周围世界的惧怕心情，宁愿躲避于深深的庭院里，不愿再见户外的风光。这是受伤心灵的流血呻吟。

词序中告诉读者，当时李清照以欧阳修的"庭院深深深几许"

之句开篇，写了数首《临江仙》，现在词集中还保留另外一首：

庭院深深深几许？云窗雾阁春迟。为谁憔悴损芳姿？夜来清梦好，应是发南枝。　　玉瘦檀轻无限恨，南楼羌管休吹。浓香吹尽有谁知？暖风迟日也，别到杏花肥。

细读这首赏花词，发现李清照选取的角度十分特别。第一个画面是描绘春天的来迟，梅花的不开放；第二个画面是描绘梅花的凋零，浓香之吹尽，而梅花盛开的场面只是在"清梦"中一闪而过。在词人的眼中，梅花似乎没有经历过枝头烂漫的好时光。这样苦心积虑、独具"慧眼"的艺术选择，只是要赋予"咏梅"以悲苦的含义。事实上，南渡漂泊的词人也无心赏识灿烂绽放的梅花，只是躲在房中，空任大好春光在身边悄悄流逝。一旦来到户外，梅花却又已经残败。其中，"憔悴损""玉瘦檀轻"等形象的描绘，仿佛是南渡后在愁苦中煎熬的词人外貌形态的写照。上下片"为谁""有谁知"的两度追问，又透露出世无知音的痛苦。身为女人，李清照无法真正干预闺房外面的世界，徒唤奈何。这样的托物言志法，与南渡前咏梅花之作，甚至是咏其他花卉之作，都有很大的差别。

与这两首《临江仙》所处的季节时间相同、心态类似的作品，是李清照传世名作《永遇乐》，词说：

落日熔金，暮云合璧，人在何处？染柳烟浓，吹梅笛怨，春意知几许？元宵佳节，融和天气，次第岂无风雨？来相召、香车宝马，谢他酒朋诗侣。　　中州盛日，闺门多暇，记得偏重三五。铺翠冠儿，捻金雪柳，簇带争济楚。如今憔悴，风鬟霜鬓，怕见夜间出去。不如向、帘儿底下，听人笑语。

这首词写元宵佳节"试灯无意思，踏雪没心情"的恶劣情绪，这是词人饱经忧患离乱的中年生活的真实写照。历史上的兴衰巨变与个人身世沉浮之感，隐现于字里行间。这首《永遇乐》，曾深深感动了南宋爱国志士。遗民词人刘辰翁《永遇乐序》说："余自乙亥（宋恭帝德祐元年，1275）上元，诵李易安《永遇乐》，为之涕下。今三年矣。每闻此词，辄不自堪。遂依其声，又托之易安自喻。虽辞情不及，而悲苦过之。"所以说，这时候李清照的词虽然写"私人化"的情感，却与广大百姓的苦难、整个社会的普遍情感息息相关。

而后，李清照经历了丧夫、逃难、再嫁、离异等风波、磨难，晚景凄凉，哀苦无告。最能够典型地体现出李清照晚年思旧情绪和凄苦心境的，是传诵广泛的《声声慢》，词说：

寻寻觅觅，冷冷清清，凄凄惨惨戚戚。乍暖还寒时候，最难将息。三杯两盏淡酒，怎敌他、晚来风急。雁过也，正伤心，却是旧时相识。　　满地黄花堆积。憔悴损，如今有谁堪摘？守著窗儿，独自怎生得黑？梧桐更兼细雨，到黄昏、点点滴滴。这次第，怎一个、愁字了得？

这首词形象地描绘出残秋的萧瑟景象，抒发了词人饱经忧患、家破人亡之后的悲痛。这里，既有词人与当时人们所共同感受到的国破家亡之恨、离乡背井之愁，又有个人所独具的晚年丧夫、没有儿女、孤苦寂寞、辛酸艰难的生活体验。同时代读者，便对这首词推崇备至。罗大经诧异这首词"起头连叠七字，以一妇人，能创意出奇如此。"（《鹤林玉露》卷十二）张端义则称赞说："此乃公孙大娘舞剑手，本朝非无能词之士，未曾有一下十四叠字者，用《文选》诸赋格。后叠又云：'梧桐更兼细雨，到黄昏、点点滴滴。'又使叠字，俱无斧凿痕。更有一奇字云：'守着窗儿，独自怎生得黑？''黑'字不许第二人押。"（《贵耳集》卷上）这首词，堪称《漱玉集》中的压卷之作。

　　李清照此时的思旧情绪，夹杂着流落异乡的特殊感受。就是这种他乡风物所给予词人的特殊感受，酿就了浓浓的乡愁。《添字丑奴儿》说：

　　窗前谁种芭蕉树？阴满中庭，阴满中庭。叶叶心心，舒卷有余情。　　伤心枕上三更雨，点滴霖霪，点滴霖霪。愁损北人，不惯起来听。

　　这是一首咏芭蕉的词，写出失去家乡、流亡到南方的"北人"的心态。当词人三更半夜，辗转难眠，听到如此"点滴霖霪"的雨点敲打着芭蕉时，就深深引起了"北人不惯"的感觉，不免增添失去故土的伤痛与复国无望的深愁。整首词通过"北人"对异乡风物的感受，写出自己流落江南、国破家亡的难堪愁苦，也写出千千万万"北人"的故国之思，唱出他们的苦难心声。

随着时间的流逝，词人国破家亡的巨痛也稍稍平复，在一部分词作里，感情不再是如同奔腾岩浆似的不可遏止地喷涌，而是渗透到点点滴滴的日常生活中去，丝丝缕缕，随处可见。《念奴娇》（萧条庭院）写的就是一幅如此情景。在日常平淡的生活中，几日春寒，帘垂四面，阑干慵依，词人将自己深深地躲藏在楼上帘后，与外界远远隔离。这是词人白天所身处的环境。夜晚，在睡梦中被惊醒过来，依然是白天愁苦的延续。当朝阳升起，烟雾散尽，词人还要进一步观察今日是晴天还是雨日。最终，词人依然表达了对外界的恐惧心理，为将自己紧锁在屋里寻找借口。这是李清照南渡以后的典型心态。从白天到夜晚、再到清晨，展望又一个白天，周而复始，痛苦的折磨是没有尽头的。《金粟词话》称许说："李易安'被冷香销新梦觉，不许愁人不起'，'守着窗儿，独自怎生得黑'，皆用浅俗之语，发清新之思，词意并工，闺情绝调。"

第二节　稼轩词风

南渡后，词中出现的新创造倾向终于汇集成巨大的创作流派，这就是以辛弃疾为代表的爱国词派。他们远承苏轼，近祧"南渡词人"，有学者因此也称他们为"后南渡词人"。他们的创作，相当大程度上改变了词坛的创作风气，甚至在一定范围内改变了歌词的创作本质。

辛弃疾是南宋最为杰出的爱国词人。辛弃疾的爱国词博大精深、刚柔并济、雄放雅健，代表了南宋爱国词的最高成就。辛弃疾流传至今的词作也非常多，共626首，是两宋存词最多的词人。纵观辛弃疾的一生，可称其为英雄的一生，其词作也可以被称为英雄之词。清人周济《介存斋论词杂著》评价说："稼轩不平之鸣，随处辄发，有英雄语，无学问语。"而且，"其才情富艳，思力果锐，南北两朝，实无其匹"。辛弃疾词，因此成为宋词整个发展流变过程中的又一座高峰。

一、英雄一生

辛弃疾（1140—1207），初字坦夫，后改幼安，号稼轩，济南历城（今属山东）人。出生前十三年，北宋灭亡。其祖父辛赞曾在金朝知开封府，据说本意是为了策应南宋的北伐。等待南宋北伐无望，辛赞回到家乡，教育子孙，把北伐复国的希望寄托在后代身上。辛弃疾便是在这样具有浓郁爱国氛围的家庭中长大，带着祖辈的殷切希望。辛弃疾在15岁与18岁时两度赴汴京考试，其真实意图是受祖父之托前去探听金人虚实。宋高宗绍兴三十一年（1161），金主完颜亮率60万大军发动南侵战争。饱受金人蹂躏的北方汉族百姓乘机发动起义，21岁的辛弃疾也在家乡组织了两千人的义军起事。具有战略眼光的辛弃疾，随后带领这一队义军加入太行山耿京十几万人的大部队。随即，辛弃疾向耿京建议与南宋取得联系，南北呼应。受耿京委托，辛弃疾作为使者前去南方联络。得南宋朝廷委任，辛弃疾回北方复命。回程中辛弃疾听说叛徒张安国已经杀了耿京、率部队投降金人，立即决定为耿京复仇。于是，辛弃疾便率五十骑冲入五万金兵守卫的大营，缚叛徒张安国于马上，且带领被胁裹而去的万余名义军一起回到了南方。张安国后被押赴临安，斩首示众。此举在当时引起极大震动，时人

称赞辛弃疾说："壮声英概，懦士为之兴起，圣天子一见三叹息。"（洪迈《稼轩记》）

南渡后，辛弃疾历任江阴签判、建康通判等职，曾向朝廷上《美芹十论》和《九议》。辛弃疾从南宋抗金战争的实际情况出发，详尽地分析了敌我双方形势，提出了一系列卓有成效的驱逐外敌、收复失地、统一南北的策略。显示出有勇有谋、文武兼备的过人才华。于是，辛弃疾以其才干而逐渐获得高层的重视。孝宗乾道六年（1170）和淳熙元年（1174），皇帝两次亲自召见辛弃疾，听取辛弃疾的政见与具体主张。尤其是后一次，辛弃疾得当时宰相叶衡的特别欣赏与推荐，开始出任地方要职。1175年，辛弃疾任江西提点刑狱，负责平定赖文政率领的茶商叛乱。其后数年时间里，辛弃疾调动频繁，总是被朝廷作为应急人才派往各地，处理纷繁复杂的军政难题。任职湖南期间，辛弃疾建地方部队"飞虎军"，"雄镇一方，为江上诸军之冠"。（《宋史·辛弃疾传》）这支部队在后来抗击外来入侵之敌的战争中曾发挥了很重要的作用。淳熙七年（1180），被弹劾罢官，罪名是"用钱如沙石，杀人如草芥"。

此后的二十多年时间，辛弃疾基本上是在闲居中蹉跎岁月、消磨时光。宋光宗即位的第二年（1191），朝廷一度起用辛弃疾，任其为福建提点刑狱公事，三年后再度以"残酷贪饕，奸脏狼藉"罢职。辛弃疾最后一次出来任职是1203年，任浙东安抚使，次年改任镇江知府，1205年被罢免。换言之，在43岁到53岁一个人最年富力强的时间段，辛弃疾被迫在江西闲居；在56岁到65岁人生可能有所作为的最后时间段，辛弃疾又被迫闲居，偏偏辛弃疾又矢志不忘北伐大业，人生的悲剧因此形成。辛弃疾是南宋极为难得的文武全才，于地方建设和抗金事业都有重大贡献，所以受朝野一致推崇。南宋爱国志士将辛弃疾看成收复中原的希望之所在。陆游称赞辛弃疾说："但令小试出绪余，青史英豪可雄跨。"（《送辛幼安殿撰造朝》）以辛弃疾的勇气、胆略、见识、才干和地位，足以成为南宋抗金的领袖人物。可惜在南宋频遭打击，一直受压抑，壮年罢职闲居。然而词人至死不忘恢复大计，"大呼杀贼数声"而亡。辛弃疾最终还是以英雄的姿态告别人世的。有《鹧鸪天》词，总结了他一生的经历，词云：

壮岁旌旗拥万夫，锦襜突骑渡江初。燕兵夜娖银胡䩮，汉箭朝飞金仆姑。　追往事，叹今吾，春风不染白髭须。都将万字平戎策，换得东家种树书。

二、英雄之词

《稼轩词》数量众多，涉及面广泛，在这方面同样与苏轼相似。然而，在苏轼笔下，作风豪迈奔放之作数量不多，多数作品依然围于传统的"艳情"范围。辛弃疾一生都是矢志不移的抗金战士，北伐大业始终是他关注的焦点，因此，辛弃疾创作了大量的爱国词，即稼轩词的创作重心已经转移。

1.爱国词

渡江到了南方，辛弃疾不是为了寻找个人的归宿，而是为了实现自己北伐的宏伟志向，为了将沦陷的故乡从金人铁蹄下解救出来。所以，在南方的所有岁月里，辛弃疾念念不忘北方故土，对中原的怀念和收复失地的决心成为稼轩爱国词的主要内容之一。《菩萨蛮·书江西造口壁》说：

郁孤台下清江水，中间多少行人泪？西北望长安，可怜无数山！　　青山遮不住，毕竟东流去。江晚正愁予，山深闻鹧鸪。

宋高宗建炎三年（1129），金兵南侵，一路从湖北大冶间道袭洪州（今江西南昌），追击隆祐太后到江西皂口，无功而返。因此，此地成为宋人灾难、屈辱的又一见证。词人今日登台眺望，所见的哪里仅仅是奔腾不息的江水呢？中间流淌着多少家破人亡、背井离乡逃难者的血泪？江水依旧滔滔流淌，南北分裂的局面也没有改变，流亡者依然还乡无望，所以，听到鹧鸪声，词人不禁感慨实现恢复大计的艰难，对现实流露出深深的忧虑。"西北望长安"成为辛弃疾心头永远的伤痛，稼轩词中频频出现"西北""长安""神州"等，用以指代北方故土。如《满江红》说"长安正在天西北"；《水龙吟》说"长安父老，新亭风景，可怜依旧。夷甫诸人，神州沉陆，几曾回首"；《贺新郎》说"问渠侬，神州毕竟，几番离合"；《水调歌头》说"西北有神州"，等等。这是辛弃疾内心解不开的一个情结，不屈不挠的抗金斗志由此生发。

到南方以后，辛弃疾一个最经常性的动作是登高眺望远方。词人希望自己能够望见心爱的故土，以寄托思念之情。《水龙吟·登建康赏心亭》上阕说："楚天千里清秋，水随天去秋无际。遥岑远目，献愁供恨，玉簪螺髻。落日楼头，断鸿声里，江南游子，把吴钩看了，栏干拍遍，无人会，登临意。"长江的对岸就是北方故乡，词人登高遥望，大好河山一览无遗。"江南游子"的愁恨与痛苦都化作抚摩宝剑、拍击栏杆的富有感情色彩的剧烈动作，这才是词人登临的真正意图，渴望能够早日驰骋战场、挥师北伐。

词人的登高眺远是随时随地的，即思恋北方故土的情绪无时无刻不萦绕于词人的心头。《南乡子》说："何处望神州，满眼风光北固楼。"《声声慢》说："凭栏望，有东南佳气，西北神州。"在词人的脑海里，北方故土无限美好。辛弃疾对故土不仅仅只有深情的眷恋，表达更多的是收复失地的强烈愿望。他在词中提到"西北"时，时常伴随着自己建功立业的愿望，如《水龙吟》说"举头西北浮云，倚天万里须长剑"；《水调歌头》说"要挽银河仙浪，西北洗胡沙"。词人用夸张与想象之笔，抒写荡尽敌寇、统一中原的理想。

可是，辛弃疾南来以后，始终没有获得一次机会去施展自己的才华，去实现个人的北伐抱负。这对辛弃疾来说是最大的个人悲剧，是现实政治与社会压迫的可悲结果。尤其是盛年被弃，辛弃疾胸中郁积了诸多的牢骚与愤恨，时而矛头直指最高统治者。于是，对皇帝的不满和对投降派的愤怒谴责成为稼轩爱国词又一重要内容。《永遇乐·京口北固亭怀古》说：

千古江山，英雄无觅，孙仲谋处。舞榭歌台，风流总被，雨打风吹去。斜阳草树，寻常巷陌，人道寄奴曾住。想当年，金戈铁马，气吞万里如虎。　元嘉草草，封狼居胥，赢得仓皇北顾。四十三年，望中犹记，烽火扬州路。可堪回首，佛狸祠下，一片神鸦社鼓。

凭谁问，廉颇老矣，尚能饭否？

京口在今江苏镇江市，北固亭在镇江东北北固山上，下临长江，形势险要。辛弃疾65岁高龄时再度出任镇江知府，当时朝廷主政的韩侂胄，只是企图利用北伐来树立个人名声，并不做认真积极的作战准备。他起用辛弃疾的目的只是要借重词人的名望，而并不在乎词人的智慧与才华。对时局与朝廷局势，辛弃疾看得明白。为了北伐大业，辛弃疾知其不可为而为之，心中的忧虑与愤恨则难以消磨。他登上北固亭，遥望中原，想起历史上的英雄与其他北伐的成败经验，既有向往之情，又心生警惕。词人向往的是孙权、刘裕这样建立了丰功伟业的英雄，当年他们率师作战或北伐，金戈铁马，气势恢弘，所向披靡。词人担忧的是元嘉年间的草草准备，匆匆出兵，败北而归。以古讽今，对现实与朝政的不满只能如此曲折表达。词人回想起"四十三年"前扬州所遭受的那场兵乱，犹自愤怒不已。从皇帝到朝臣一一投降求和，词人在屈辱中度过了"四十三年"。结尾用廉颇的典故，表现了自己老当益壮的雄心，急欲一雪旧仇新耻。现实堪忧，前景黯淡，词人的心情沉重而郁结。

从少年时代开始，辛弃疾就渴望有远大作为。渡江南来以后，这种建功立业的愿望变得更加强烈。"袖里珍奇光五色，他年要补天西北"（《满江红》），率军北伐、统一南北的"补天"愿望，是词人一生奋斗的精神支柱。辛弃疾时常表达对古人的向往之情，展现自己的"补天"志向。他所推崇的那些古代豪杰，都是武能安邦、文能治国的文武兼备的杰出英雄人物。词人闲居带湖时，以隐居隆中的诸葛亮自比，雄心不已。《水龙吟·用瓢泉韵戏陈仁和》词追问"谁识稼轩心事？"，接着便自我回答说："更想隆中，卧龙千尺，高吟才罢。"另一位受辛弃疾景仰的三国英雄是东吴的孙权，他年轻有为，在江东支撑起半壁江山。辛弃疾渡江后游览的大多是东吴故地，故时时思及孙权。《南乡子·登京口北固亭有怀》说："天下英雄谁敌手？曹刘。生子当如孙仲谋。"《三国志·吴主传》注引《吴历》载：汉献帝建安十八年（213），曹操攻濡须（今安徽巢湖市），孙权亲自提兵迎敌。曹操见孙权麾下军伍整肃，叹息说："生子当如孙仲谋。刘景升（刘表）儿子若豚犬耳！"孙权的军功令辛弃疾向往。作于同时的《永遇乐》说："千古江山，英雄无觅，孙仲谋处。"此外，辛弃疾推崇的历史英雄人物还有挥师北伐的桓温和刘裕、老当益壮的廉颇、请缨杀敌的终军、视死如归的荆轲、威震遐方的飞将军李广、闻鸡起舞的祖逖、谈笑却敌的谢安等等。

　　辛弃疾在为抗金友人陈亮赋"壮语"《破阵子》时，曾经比较完整地描述过自己理想的军旅生活，并因此抒发"补天"志向。词云：

　　醉里挑灯看剑，梦回吹角连营。八百里分麾下炙，五十弦翻塞外声。沙场秋点兵。　　马作的卢飞快，弓如霹雳弦惊。了却君王天下事，赢得生前身后名。可怜白发生。

　　辛弃疾被罢免闲居后，只能通过回忆来重温这种令人振奋的军旅生活，"补天"之志在回忆中时时流露。辛弃疾的斗志始终不会衰竭，且时时以此勉励友人。即使为友人祝寿，也不忘抗金大业。他以《水龙吟》为韩元吉寿，说："待他年、整顿乾坤事了，为先生寿。"以《破阵子》为范南伯寿，说："万里功名莫放休，君王三百州。"以《洞仙歌》为叶衡寿,说:"好都取、山河献君王,看父子貂蝉,玉京迎驾。"宋人寿词最落俗套,唯独辛弃疾写得寿词别具一格,因为他也用寿词来表现自己的"补天"宏愿。

与这种建功立业的强烈愿望联系在一起的是壮志难酬的满腔悲愤。辛弃疾最年富力强、最可能有所作为的大好时光,都是在被迫闲居中空自度过。词人的一身才华无用武之地,一腔抱负只赢得满腹牢骚。壮志难酬的悲愤,几乎渗透到词人的每首爱国词作中。如《鹧鸪天》(壮岁锦旗拥万夫)一词,辛弃疾所有回忆与想象的兴奋,居然被结尾一句"可怜白发生"轻轻推翻,这是多么可悲的现实。《满江红》则以极其悲愤的语调控诉这个请缨无路、报国无门的黑暗现实,说:"不念英雄江左老,用之可以尊中国。叹诗书、万卷致君人,翻沉陆。"这已经不是个人身世的悲剧,而是南宋抗金志士的共同悲剧。

让辛弃疾触目惊心的是老之将至、功业未立,词中反复出现衰老的感慨。词人急欲报效国家,年轻时就起兵抗金,南渡后反而无所作为,因此,对年华老去、一事无成的问题就特别敏感。《念奴娇·书东流村壁》说:"也应惊问,近来多少华发?"《水调歌头》说:"今老矣,搔白首,过扬州。"《满江红》说:"楼观甫成人已去,旌旗未卷头先白。"每一次身心衰老的发现,都要增加词人的焦虑感和紧迫感,时日无多、时不我待的危机感追随着词人。另一方面,词人对此又无可奈何,不能有所作为去改变现状,只能眼睁睁地看着"英雄老"的悲剧发生。愤激之余,词人转而到红粉世界寻觅知音。《水龙吟》说:"倩何人,唤取红巾翠袖,揾英雄泪。"抗金大业应该是男儿事业,词人却无法找到一个男性知音,这是对现实极度愤

/ 121 /

怒的夸张语。

"英雄老"悲剧的根源，在于朝廷奉行的妥协投降政策，在于求和投降派的得志猖狂。辛弃疾抑制不住地发泄对他们的愤怒情绪。《摸鱼儿》就曾经严厉警告说："君莫舞！君不见，玉环飞燕皆尘土！"用杨玉环、赵飞燕的故事正告得志小人不要太猖狂，历史将自有结论。辛弃疾经常将晋朝王夷甫的误国罪行拿来比拟南宋投降派的卖国行径，言外之意是遵循朝廷诸公妥协投降政策，最终将导致亡国。《水调歌头》说："长剑倚天谁问？夷甫诸人堪笑，西北有神州。"《贺新郎》说："叹夷甫诸人清绝。"

2. 其他词作

除了大量的爱国词之外，辛弃疾还有诸多其他方面题材的描写，如农村词、闲适词、艳情词等。

辛弃疾闲居二十多年，经常出入乡野田间，对农村有了独到的体会与观察，其农村词清新舒朗，读之令人心旷神怡。与苏轼相比，辛弃疾创作的态度有所改变。辛弃疾一生关注的热点都是北伐与统一事业，现实的民生问题退而居其次。他创作农村词的时候，都是被迫闲居在家时候，所以，他就不会像苏轼那样以勤政爱民的眼光去观察农村生活。辛弃疾说："城中桃李愁风雨，春在溪头野荠花。"（《鹧鸪天》）乡间的风光，必然胜过都市的一切。也就是说，辛弃疾是以农村自然清新的风景、纯朴恬淡的风情来抚慰自己在官场受伤的心灵。从这样对比的角度看待农村生活，农村的所有事物与人都将被诗意化。词人对农村生活的热爱，客观上也是对官场生活憎恶的否定。这种创作态度，与唐代的山水田园诗人相近，而与宋代的田园诗人之创作有一段距离。《清平乐》便是一幅栩栩如生、有声

有色的农村风俗画,词云:

茅檐低小,溪上青青草。醉里吴音相媚好,白发谁家翁媪?大儿锄豆溪东,中儿正织鸡笼。最喜小儿无赖,溪头卧剥莲蓬。

以诗意的眼光看待农村生活,连"白发翁媪"的"吴音"也变得妩媚动听,村庄辛勤的劳作化作轻松愉悦的游戏,生活充满了乐趣。南宋赋税繁重,农村的真实情景绝不会像辛弃疾所描述的这样。"老父田荒秋雨里,旧时高岸今江水。佣耕犹自抱长饥,的知无力输租米。"(范成大《后催租行》)南宋田园诗人笔下的农村的情景才是真实的。立场不同,眼光不同,农村的风俗人情也不一样。

在二十多年的闲居生活中,辛弃疾还创作了大量的闲适词,如欣赏乡村山野景色,抒发内心愤懑不平,表明与大自然的和谐无间等。白居易曾将自己五十岁以前的诗歌创作分为四类,其中一类是"闲适诗"。白居易确实能从清净闲逸的生活中获得精神愉悦。辛弃疾满怀国恨家愁,他怎么能够真正清净闲散呢?《丑奴儿·书博山道中壁》下阕说:"而今识尽愁滋味,欲说还休,欲说还休。却道天凉好个秋。"他闲适词所抒发的那种自得其乐的情感,大抵是"却道天凉好个秋"的自我遮掩。《沁园春·带湖新居将成》说:

三径初成,鹤怨猿惊,稼轩未来。甚云山自许,平生意气,衣冠人笑,抵死尘埃。意倦须还,身闲贵早,岂为莼羹鲈脍哉?秋江上,看惊弦雁避,骇浪船回。　东冈更葺茅斋,好都把轩窗临水开。要小舟行钓,先应种柳,疏篱护竹,莫碍观梅。秋菊堪餐,春兰可佩，留待先生手自栽。沉吟久，怕君恩未许，此意徘徊。

淳熙八年（1181），辛弃疾被弹劾落职，退居江西上饶的带湖，并在这里修筑了居所。词人似乎是打算以隐逸来消除被排挤出官场的隐痛。"三径"三句写自己与隐居环境的久违，以表示对这种生活的向往。"云山自许"以下说明隐逸是自己的素志，在官场倦怠之后当然要回到喜爱的生活中来。词人故意掩盖被迫隐居的真实原因，而"惊弦雁避，骇浪船回"二句，却透露出官场的险恶，揭示出退居的真正理由。词人纵笔描写隐居清幽的环境：水边修葺茅屋，竹柳掩映，梅菊环绕。词人好像完全沉醉在隐逸的快乐之中。"沉吟久"三句，最终表明词人不忘国事、不愿归隐的真实心态。所以说，辛弃疾无法彻底摆脱对现实的牵挂，其所谓的闲适更多的是愁绪的强自排解。

这类词作中写得确实洒脱的是《丑奴儿近·博山道中效李易安体》，词云：

千峰云起，骤雨一霎儿价。更远树斜阳，风景怎生图画？青旗卖酒，山那畔、别有人家。只消山水光中，无事过这一夏。　午醉醒时，松窗竹户，万千潇洒。野鸟飞来，又是一般闲暇。却怪白鸥，觑着人、欲下未下。旧盟都在，新来莫是，别有说话？

词人有意模仿李清照风格，写得清新流畅，明丽自然，音韵美听。全词用铺叙手法，极力描摹环境的清丽宜人。骤雨过后，空气爽朗；斜阳映照远树，青旗飘舞，点缀着酒家；松竹错落有致，野鸟闲暇飞翔。这样的优美景色，让词人陶醉，身心都融入了大自然。结尾对"白鸥"的责怪，事实上是责怪自己没有早日归来隐居，白白耽误了这秀美景色。在稼轩词中，如此轻快飘逸的词作是很少的。

词为艳科，在"辛派爱国词人"之前，男女艳情一直是词的主要描写对象。秉承词作的传统作风，辛弃疾也有一部分艳情词。辛弃疾的英雄胸襟，同样展露在部分艳情作品里，使这部分作品另有寄托，具有深层含意。王国维选取辛弃疾《青玉案·元夕》片段语句来描述"成大事业、大学问"所必须经历的第三种境界，就是对辛词特质的一种把握。词云：

东风夜放花千树，更吹落、星如雨。宝马雕车香满路。凤箫声动，玉壶光转，一夜鱼龙舞。　蛾儿雪柳黄金缕，笑语盈盈暗香去。众里寻他千百度。蓦然回首，那人却在，灯火阑珊处。

词人在元夕灯夜，真正爱慕、追求的是一位自甘寂寞、远离尘嚣、沉思娴静的女子。这样性格的女子，应该不是到如此热闹处所去寻找的。出来的目的是为了看灯，怎么会躲在"灯火阑珊处"。所以说，这里辛弃疾不是在写实，而是在写一幅虚构的场景。虚构场景中这位理想女性，不就是词人不慕荣华富贵、超众脱俗、清高孤独人格的写照吗？艳情词到了辛弃疾手中，就不单纯是男女恋情的描写。

三、"以文为词"

辛弃疾是继苏轼之后词风的最大改造者。《四库全书总目提要》

评价说："其词慷慨纵横，有不可一世之概。于倚声家为变调，能于剪红刻翠之外，屹然别立一宗，迄今不废。"辛弃疾在"剪红刻翠"的主体风格之外，主要采用了"以文为词"的手段，造成了词风的再度变异。

辛弃疾一生以主要精力作词，其英雄怀抱时时展现在歌词里面。为了更明白地表达思想感情，直接对抗金事业起鼓舞推动作用，使词的创作更彻底地服务于现实社会，辛弃疾需要以自由流畅的散文句式入词。同时，也由于现实政治的压抑，辛弃疾积愤于心，抑郁狂放，需要淋漓尽致地宣泄内心情感，以散文句式入词符合了这种情感表达的需求。在表明自己的政治观点或主张时，更需要以散文的议论方式入词。前文介绍的辛弃疾多数作品，都有"以文为词"的特征。如《水龙吟》上阕结尾说："落日楼头，断鸿声里，江南游子，把吴钩看了，栏干拍遍，无人会，登临意。"七句一气贯注，酣畅淋漓，内心情感一泻无遗。词人此时已经无法含蓄吞吐，只有这种不间断的连贯而下的散文句式，才足以表达眼前内心澎湃的情感。闲适词如《沁园春》（叠嶂西驰），则像一篇游记散文，记载了灵山的风光景色，下阕且以议论的方式评说周围风景。在辛弃疾词中，散文句式俯拾皆是，如：

先生杖屦无事，一日走千回。凡我同盟鸥鹭，今日既盟之后，来往莫相猜。

《水调歌头》

少年使酒，出口人嫌拗。此个和合道理，近日方晓。学人言语，未会十分巧。看他们，得人怜，秦吉了。

　　　　　　　　　　　　　　　　《千年调》

　我病君来高歌饮，惊散楼头飞雪。笑富贵千均如发。

　　　　　　　　　　　　　　　　《贺新郎》

　人言此地，夜深长见，斗牛光焰。我觉山高，潭空水冷，月明星淡。待燃犀下看，凭栏却怕，风雷怒，鱼龙惨。

　　　　　　　　　　　　　　　　《水龙吟》

　杯，汝来前。老子今朝，点检形骸。甚长年抱渴，咽如焦釜；于今喜睡，气似奔雷。

　　　　　　　　　　　　　　　　《沁园春》

　盗跖倘名丘，孔子还名跖。跖圣丘愚直至今，美恶无真实。

　　　　　　　　　　　　　　　　《卜算子》

　　辛弃疾"以文为词"的另一大特征是广泛词运用经史子集文句、词汇入词，改变了词的气质风貌。宋词喜化用前贤成语，但大都从诗词中来，旧作新创气质相通，这是歌词"雅化"对语言运用所提出的一个要求。辛弃疾则化用经史子集，且不避口语、俗语，促成歌词主体风格的变异。如《踏莎行》一词，阐明自号"稼轩"的用意，完全集经书语句而成。词云：

　　进退存亡，行藏用舍，小人请学樊须稼。衡门之下可栖迟，日之夕矣牛羊下。　去卫灵公，遭桓司马，东西南北之人也。长沮桀溺耦而耕，丘何为是栖栖者。

　　全词所用的经书有《易经》《论语》《诗经》等，而以《论语》

为主体构成全篇。词人以渊博的知识，随手拈来，以史写今。上阕写归耕之乐，与孔子唱反调，流露出被迫归隐的无奈与痛苦。下阕嘲笑孔丘的"东西南北"奔走，嘲讽古人实际上是自嘲。词人自号"稼轩"是无奈的，这首词以反语写自己的悲愤心情。

辛弃疾有时仅仅略微改动或干脆不加改动地使用经史子集语句。《沁园春》为戒酒而作，结尾说："与汝成言，勿留亟退，吾力犹能肆汝杯。杯再拜道：麾之即去，招则须来。""吾力"句出自《论语》"吾力犹能肆诸市朝"；"麾之"二句出自《汉书·汲黯传》："招之不来，麾之不去。"《贺新郎》"甚矣吾衰矣"，则用《论语》成句。

以经史子集语入词，与辛弃疾喜欢用典的习惯分不开。现实政治的黑暗和险恶，时而迫使辛弃疾改用典故婉转表达心意。广博的文史知识，使辛弃疾在创作时也有炫耀才华的作为。辛弃疾所用典故，大抵来自经史子集。刘辰翁《辛稼轩词序》说：苏轼以来，"犹未至用经用史，牵雅颂入郑卫也。自辛稼轩前，用一语如此者必且掩口。及稼轩横竖浪漫，乃如禅宗棒喝，头头皆是；又如悲笳万鼓，平生不平事并厄酒，但觉宾主酣畅，谈不暇顾。词至此亦足矣。"刘辰翁充分肯定了辛弃疾对词风的改变。

但是，辛弃疾填词有时过于率意，词作中有粗糙难读者。有时过于口语化，失去诗词的含蓄艺术魅力。如词中出现"何幸如之""后之览者又将有感斯文"之类句子，以及上文所列举的某些用经史子集语者，并没有太大的审美价值。用典过多，有时也造成阅读理解上的障碍。刘克庄批评辛弃疾"但时时掉书袋，要是一癖"。便是不满辛词用典过多。词贵含蓄，过于散文化，铺陈直叙过多，缺乏跳跃、诗意，便失去了咀嚼回味的诗韵，词于是成了有韵的散文。张炎也因此表示对辛弃疾的不满,《词源》卷下说:"辛稼轩、刘改之作豪气词,非雅词也。"这种作为对南宋后来词坛有不良影响一面,沈义父在《乐府指迷》说:"近世作词者,不晓音律,乃故为豪放不羁之语,遂借东坡、稼轩诸贤自诿。"此风泛滥,也是词趋向衰亡的原因之一。

此外,辛弃疾词创造了雄奇阔大的意境,乃宋词中少见。与其爱国词抒发的感情相适应,词人时常选择开阔的背景、雄伟的景物,创造出雄奇阔大的意境。如《破阵子》设置的"沙场秋点兵"的背景,《沁园春》中群山奔驰的景物描写,《西江月》之一片"稻花香"的环境氛围,气象都格外广阔大气。苏轼所作,往往因视野之开阔而走向荣辱皆忘,摆脱仕途挫折所带来的烦恼,表现为旷达之作风。辛弃疾所面对的是亡国之恨,这是不可以摆脱的痛苦,所以辛弃疾永远也无法旷达,往往因视野开阔而转向悲愤慷慨。从意境的角度来考察,辛之沉郁不同于苏之旷达,这是时代所赋予辛词的。

辛弃疾词题材的多样化,同时带来词风的丰富多样性,上述所举种种作品已经可以略见一斑。刘克庄《辛稼轩集序》评论说:"大声镗鞳,小声铿鍧,横绝六合,扫空万古,自有苍生以来所无!其秾纤绵密者,亦不在小晏、秦郎之下。"

辛弃疾词又擅长运用比兴寄托的手法,曲折抒发内心情感。辛弃疾南渡之后在官场上锋芒毕露的观点和作为,引起官僚阶层的普遍嫉恨。辛弃疾自称:"年来不为众人所容,恐言未脱口而祸不旋踵。"(《论盗贼札子》)被逼迫闲居后,辛弃疾更有了"秋江上,看惊弦雁避,骇浪船回"的生活体验。于是,在抒发个人情感时,有时便采用比兴寄托的手法。这一方面乃是继承了屈原《离骚》"香草美人"的传统。这方面最典型的代表作是《摸鱼儿》（更能消几番风雨），词通过惜春、怨春、留春情感的抒写，写出失宠女人的苦闷，实际上抒发了词人对国事的忧虑和屡遭排挤打击的沉重心情。词中对南宋小朝廷的昏庸腐朽，对投降派的得意猖獗表示强烈不满。据罗大经《鹤林玉露》卷四载：孝宗也读出此词的怨苦情绪，非常不高兴。

辛弃疾曾叹息说："儒冠多误身"（《阮郎归》）。他孜孜以求的是驰骋战场、杀敌报国，然而最终只是老死家中、口呼"杀贼"，且以歌词的成就名传后世。辛弃疾在历史上最大的贡献依然是"儒冠"文人的成绩，与辛弃疾的本愿多么不符合。辛弃疾是那个时代出现的一位悲剧英雄。

第三节　南宋风雅词人

南渡数十年之后，在"辛派词人"创作风起云涌的时候，词坛上出现了另一类群的作家。他们承继北宋周邦彦等大晟词人的创作传统，倡导"复雅"。他们的审美趣味更加高雅，所以，他们呼唤的是一种清雅醇正、飘逸超拔的风格。这就是南宋雅词作家群体，或称之为"风雅词派"。他们的创作影响超越"辛派词人"，成为词坛创作的主流倾向。郭麟《灵芬馆词话》卷一形容他们的词风说："姜（夔）、张（炎）诸子，一洗华靡，独标清绮，如瘦石孤花、清笙幽磬。入其境者，疑有仙灵；闻其声者，人人自远。"

一、南宋中朝风雅词人

南宋中期出色的雅词作家有三位：姜夔、史达祖、吴文英。他们三人都没有正式入过仕途，故生平资料流传甚少，生卒年也难以确定。姜夔词作年可考的，最早为孝宗淳熙三年（1207）之《卜算子》。史达祖为韩侂胄堂吏，韩亦于宁宗开禧三年败事，史达祖未几遭黥，其词大致作于此之前。吴文英创作活动时期较晚，《梦窗词》中明署年月者，大多为理宗淳祐间（1242—1251）作。据考证，理宗景定元年（1260），吴文英似有大量词作问世，此时已接近宋末。根据上述资料，可以将南宋中期雅词创作的活动期限定为自宋孝宗淳熙年间至宋理宗景定年间，历孝宗、光宗、宁宗、理宗四期，约八十余年。上距北宋覆亡约四十多年，下距南宋灭亡约二十年。这一时期是南宋雅词创作的巅峰时期，一种新的歌词美学风格完全成熟并走向全面繁荣。雅词流派内部，亦千门万户，或疏或密，或清空或质实，争奇斗艳，异彩纷呈。

1. 清空骚雅白石词

姜夔（1155—?），字尧章，饶州鄱阳（今江西波阳）人。早岁孤贫。萧德藻嫁以侄女，随萧归湖州，卜居苕溪，与弁山之白石洞天为邻，永嘉潘柽号其为白石道人。中年流落江湖，依达官贵人范成大、张鉴等为生。但他结交的达官贵人多文人学士、爱国志士，并从不做阿谀奉承之辞，假人声色，摇尾乞怜，亦不过多接受馈赠。可见其虽然流落江湖，依傍他人，却仍然保持着一个江湖高士的清高和气节，故人们称其像"梅一样清寂，云一样不羁，鹤一样飘逸。"后迁移杭州，上论雅乐。进《大乐议》一卷，《琴瑟考古图》一卷。曾试礼部，不第，布衣终生。有《白石道人歌曲》。

姜夔在词史上的贡献是创立一种新的美学风格，即《词源》所谓的清空骚雅，前人用"瘦石孤花，清笙幽磬"来形容。具体分析起来，可以分为托物喻志之"骚雅"、峭拔冷隽之清劲、野云孤飞之空灵三个层次。

第一，托物喻志之"骚雅"。

王国维《人间词话》说："词之雅郑，在神不在貌。"其评判的根本标准是看作品是否托物喻志、寄托遥深，合乎《诗》之比兴本义。清真词失之"软媚"，"意趣不高远"，故仍不是严格意义上的雅词，这是由北宋末年醉生梦死的社会环境造成的。姜夔生于偏安半壁之南宋，强敌侵凌，国势日危，有志之士，愤慨国难，发为慷慨激昂之声。姜夔虽布衣终身，国仇家耻难以忘怀，多于词中发为含蓄深沉的慨叹。王昶《姚苻汀词雅序》评价说：姜夔"放迹江湖，其旨远，其词文，托物比兴，因时伤事。即酒席游戏，物不有黍离周道之感，与诗异曲同其工"。

此一种"骚雅"特质，是时代赋予白石词的。"国家不幸诗家幸，话到沧桑句便工。"（赵翼《题遗山诗》）至此，歌词已合乎儒家诗教之要求，以下讽上，温柔敦厚，有无限言外喻托之想。姜夔感慨时事，多杂家国兴亡之感于形象描绘和今昔强烈对比之中，含蓄深沉，亦其《诗说》中所言之"沉着痛快"。他二十余岁所作之《扬州慢》，词云：

淮左名都，竹西佳处，解鞍少驻初程。过春风十里，尽荠麦青青。自胡马窥江去后，废池乔木，犹厌言兵。渐黄昏，清角吹寒，都在空城。　　杜郎俊赏，算而今、重到须惊。纵豆蔻词工，青楼梦好，难赋深情。二十四桥仍在，波心荡、冷月无声。念桥边红药，年年知为谁生？

　　这首词极言其悲痛与隐忧。可视作词人"身世之感"。歌词关乎国运、世情，蕴意深沉，意趣高远，非北宋词人一己身世之悲苦可比拟。此为词中"雅正"之音。比之诗文，毫不逊色。

　　且白石词常用诗文之比兴法，以成其"骚雅"。美人香草、日暮途远之意象，自"离骚"而来，已成为古典诗中一种具有象征性的意象原型。白石词中就时常出现此类时间的晚和空间的远之意象模式："乱红万点，怅离魂，烟水遥远"（《眉妩》）；"离魂暗逐郎行远，淮南皓月冷千山，冥冥归去无人管"（《踏莎行》）；"算潮水，知人最苦。满汀芳草不成归，日暮。更移舟向甚处"（《杏花天影》）；"回首江南天欲暮。折寒香，倩谁传语"（《夜行船》）；"春渐远，汀洲自绿，更添了，几声啼鴂"（《琵琶仙》）；等等。在这些日暮怅望，烟水遥远，寻觅无路的中和雅正之喟叹中，充满了对时间无法把握的惶恐和空间隔离之伤痛，充满着离群索居之深刻的孤独感。联系其时势、环境，对照其《扬州满》之类旨意确切之词作，其遥深之托喻，可供读者回味、捕捉。白石众多词作，难以确指其托喻之旨，然得之于时代的沉著痛恨、孤寂清冷情怀，在白石词中处处可以感觉得到。这就是白石词"骚雅"之基调。

　　第二，峭拔冷隽之清劲。

　　姜夔的诗与词有相通之处。姜夔诗取法江西，又独辟蹊径。其诗气格清奇，得力江西；意境隽淡，本于襟抱；韵致深美，发乎才情。姜夔作词亦能融入江西派诗法，以江西诗派清劲瘦硬之健笔，来改造晚唐以来温、韦、柳、周靡曼软媚之词，遂创造出一种清劲、拗折、隽淡、峭拔之境界，为词中所未有者。张炎《词源》认为"清空则古雅峭拔"，并欲以白石骚雅之句润色清真词之"软媚"，欣赏的就是白石词之清劲笔法。"骚雅"是内质，"清劲"是外在风格表现，二者互为表里。沈义父《乐府指迷》说："姜白石清劲知音，亦未免有生硬处。"此语虽简而极中肯綮。江西诗派之长在"清劲"，而其短处在"生硬"。姜白石用江西诗法作词，故长处短处亦相同。周济《介存斋论词杂著》云："白石词以诗法入词，门径浅狭。"《词林纪事》引许昂霄语云："词中之有白石，犹文中之有昌黎也。世固有以昌黎为穿凿生割者，则以白石为生硬亦宜。"这都是看出白石用诗法作词之短处而表示不满者。冯煦《宋六十家词选例言》云："读姜词者，必欲求下手处，则自'俗处能雅，滑处能涩'始。"刘熙载《艺概》卷四云："姜白石词幽韵冷香，令人挹之不尽；拟诸形容，在乐则琴，在花则梅也。"又云："词家称白石：'白石老仙'。或问：'毕竟与何仙相似？'曰'藐姑冰雪，盖为近之。'"沈祥龙《论词随笔》云："观白石词，何尝有一语涉于嫣媚。"这都是认识到白石用诗法作词之长处而称颂者。他们皆从不同角度指出白石词中斑斑可见之江西诗派的影响。

具体地说，所谓"清"者，即洗尽铅华，摒弃肥秾；所谓"劲"者，即用笔瘦折，气格紧健。黄庭坚、陈师道之诗如此，姜白石之词亦如此。白石词中常用雅洁洗练之语言，描绘淡泊空蒙之画面，词中处处流露其清奇孤高之人格，此所以为"清劲"。

由此看来，白石词之"清劲"，即得自于清淡凝练之句辞与画面之组织安排，更得自于词人孤高奇绝之精神与个性。此种特色贯穿于白石词，如《角招》云："为春瘦。何堪更绕西湖，尽是垂柳。自看烟外岫，记得与君，湖上携手。君归未久，早乱落，香红千亩。一叶凌波缥缈，过三十六离宫，遣游人回首。"《徵招》云："迤逦剡中山，重相见，依依故人情味。似怨不来游，拥愁鬓十二。一丘聊复尔。"《浣溪沙》云："雁怯重云不肯啼，画船愁过石塘西。打头风浪恶禁持。"这些词都是清空淡雅，一气旋转，笔力遒劲，细玩味之，与黄庭坚、陈师道诗有笙磬同音之妙。在当时这是一种新风格，与传统的婉媚柔厚者有所不同。如果用传统之标准来衡量，则确实是"亦未免有生硬处"。然而这种生硬，正是白石词特别造诣之所在。

白石于花卉中除梅花外，还喜荷花。姜夔描写梅花与荷花之形态，乃是从空际摄取其神理，并将自己之感受融合进去，只重"神似"。即白石词中所写之梅与荷，并非常人所见之梅与荷，乃白石于梅、荷中摄取其特性，且以自我个性融透其中。言其写梅与荷固然可以，言其借梅与荷以写自己之襟怀亦无不可，所以意境深远，不同于泛泛咏物之作。咏梅词已见于上文，咏荷词如《念奴娇》：

闹红一舸，记来时、尝与鸳鸯为侣。三十六陂人未到，水佩风裳无数。翠叶吹凉，玉容销酒，更洒菰蒲雨。嫣然摇动，冷香飞上诗句。　　日暮。青盖亭亭，情人不见，争忍凌波去？只恐舞衣寒易落，愁入西风南浦。高柳垂阴，老鱼吹浪，留我花间住。田田多少，几回沙际归路？

荷花如一位冰清玉洁的美人，清香幽韵，诱人遐思。词中所写的荷花，不限于一时一地，据词前小序交代，共有武陵、吴兴、西湖三地的荷花。姜夔将游历过的美景概括到一起，创造出全新意境：湖面有小舟缓行，船行又有鸳鸯相伴。船儿驶入人迹罕至的池塘深处，便有美如天仙的荷花使人神清气爽，醉意顿消。在飒飒雨声中，散发着阵阵冷香，这冷香竟凝成动人的诗句。徘徊流连到日暮傍晚，词人尚不肯离去。怕的是西风频吹，吹谢花瓣。更何况还有"高柳""老鱼"的深情挽留，词人当然不愿回头看"归路"了。

姜夔写出赏爱荷花的真挚情感，其中体现了词人所追求的一种理想境界。在这样一个高洁清幽的环境中，有美人兮，在水一方。人与花彼此深情眷恋。"出淤泥而不染"的荷花，幻化为词人的一位红颜知己：暑热时她为你"翠叶吹凉"；微醉时她对你温情脉脉，"玉容消酒"；不管日晒雨淋，她始终"青盖亭亭"，为你高擎绿伞。她的微笑、舞姿、冷香，都融入词人的心胸，化为美丽的诗句。人与花气质相通。

白石所喜欢的花卉，都与其性情、襟怀、词品相合，荷花出淤泥而不染，其品最清；梅花则凌冰雪而傲放，其格最劲，以"清劲"形容白石词格、词风，最为恰当。同时，这也是白石人格之体现。

第三，野云孤飞之空灵。

白石词笔法之空灵，前人评论中屡屡提及，如说他"清虚""空处落笔""全在虚处"等等。白石词气质之"骚雅"，品格之"清劲"，都出之以空灵笔法。白石词时有晦涩难懂之处，也起因于笔法空灵。冯金伯《词苑萃编》卷五引《词洁》语，认为姜夔的空灵笔法也得自周邦彦，说："美成《应天长慢》，空淡深远，石帚专得此种笔意，遂于词家另开宗派。如'条风布暖'句，至石帚皆淘洗尽矣。然渊明相沿，是一祖一祢也。"陈廷焯《白雨斋词话》也说："白石郁处不及碧山，而清虚过之。"又说："白石则如白云在空，随风变灭。"而后，"玉田追踪于白石，格调亦近之，而逊其空灵，逊其深雅。"陈锐《袌碧斋词话》则将白石与稼轩比较，云："白石拟稼轩之豪快，而结体于虚。"此一派观点，皆承继《词源》所云"野云孤飞，去留无迹"而来。

姜夔词的空灵首先表现在景象事物的构成方面。以其《琵琶仙》为例：

双桨来时，有人似、旧曲桃根桃叶。歌扇轻约飞花，蛾眉正奇绝。春渐远、汀洲自绿，更添了、几声啼鴂。十里扬州，三生杜牧，前事休说。　又还是、宫烛分烟，奈愁里、匆匆换时节。都把一襟芳思，与空阶榆荚。千万缕、藏鸦细柳，为玉尊、起舞回雪。想见西出阳关，故人初别。

追恋旧情，夏承焘先生认为此词还是与合肥情人有关。开篇就是对往事的追忆，对方身份是歌伎，当年的"歌扇轻约飞花，蛾眉正奇绝"给词人留下深刻印象。"春渐远"，往事也渐远，恍然回首，如"三生杜牧"，词人实在是不愿意再提起这段旧情，免得增加苦痛。强自抑制，却不是真正的忘记。当下再逢"宫烛分烟"的寒食春日，"想见西出阳关，故人初别"的那段痛苦再度翻搅上心头。下阕词人用三首唐人的咏柳诗，浑融一气，婉转地表述无法忘怀的旧情，照应开篇的追恋。

这首词开篇直写所见，结尾才言初别，词笔一转再转，或借景抒情，或用典言情。大段的情事衔接，却没有细密的叙述，空间的跨度很大。词人以"空疏"之笔，写深长绵邈的感情，用笔随意，来去自如，将其比作空中孤飞的野云，恰如其分。

白石不仅虚景虚设，而且常常实景虚化，化实为虚，笔法之"空灵"，无人能及。如《扬州慢》云："渐黄昏，清角吹寒，都在空城。""空城"为眼前所见实景，却亦化作种种复杂之情思：其中饱含词人眼看被异族铁蹄蹂躏后留下这一座空城所引起的愤慨，联想到宋王朝软弱无能，竟将一座名城轻轻断送之痛心，以及由这样一座"空城"防边所引起之忧心忡忡。概言之，姜夔化实为虚之的"空灵"笔法，大约有三种：其一，用拟人法，移情于景，以自然界无情之物诉说人物之情思。如《扬州慢》之"废池乔木，犹厌言兵"、《点绛唇》之"数峰清苦，商略黄昏雨"、《齐天乐》之"哀音似诉，正思妇无眠，起寻机杼"、《念奴娇》之"只恐舞衣寒易落，愁入西风南浦"等等。其二，提炼，化解前人诗意，创造全新意境，启发接受者之想象，丰富词作之内涵，古人即为己身。如《扬州慢》与《琵琶仙》都是化用唐诗。它如《霓裳中序第一》"一帘淡月，仿佛照颜色"，化用杜甫《梦李白》"落月满屋梁，犹疑照颜色"；《长亭怨慢》"树若有情时"，暗用李贺《金铜仙人辞汉歌》"天若有情天亦老"句意等等。其三，以今追昔，亦今亦昔，虚实相叠，似实而虚，仿古即是叹今。如《扬州慢》今衰昔盛之对比；《淡黄柳》由眼前"马上单衣寒恻恻"，回想起"江南旧相识"；《凄凉犯》从所见之"衰草寒烟淡薄"而"追念西湖上，小舫携歌，晚花行乐"等等。诸种化实为虚笔法，在白石词中常常结合运用，相辅相成。

总之，姜夔词在欲擒故纵、宕开复合之中，有疾有徐，官止神行，虚灵无滞。周济《宋四家词选序论》云："白石脱胎稼轩，变雄健为清刚，变驰骤为疏宕。""清刚"言其词品之"清劲"，"疏宕"近似"空灵"之笔法。张祥龄《词论》亦云："词至白石，疏宕已极。"

冯煦《蒿庵论词》说："白石为南渡一人，千秋论定，无俟扬榷。"对姜夔词推崇至高，确实代表了多数人的看法。当然，姜夔江湖清客的身份也限制了他的创作，周济说他"情浅""才小"，就是针对他的阅历、气度、胸襟等方面而发。这些方面姜夔当然在辛弃疾之下，就其继往开来、别开生面来看，姜夔自有傲视辛弃疾之处。

2.奇秀清逸梅溪词

史达祖，字邦卿，号梅溪，汴（今河南开封）人。久居杭州，科举不第。依韩侂胄为堂吏。叶绍翁《四朝闻见录》称："韩为平章，事无决，专倚省吏史邦卿。奉行文字，拟帖撰旨，俱出其手。权炙缙绅，侍从简扎至用审呈。"周密《浩然斋雅谈》卷上说：史达祖"当平原用事时，尽握三省权。一时士大夫无耻廉者，皆趋其门，呼为梅溪先生"。甚至与韩侂胄"公收贿赂，共为奸利"。开禧元年（1205），随李璧使金。韩侂胄被杀，遭黥刑，死于贬所。有《梅溪词》，存词112首。

南宋词人无论个人人品如何，多数人的民族情感是相同的。史达祖曾出使北方，亲身的经历促使词人关心国事。这次出使之际，告别词友，史达祖曾作《龙吟曲》，叙述心事则说："楚江南，每为神州未复，栏杆静，慵登临。"这样的思想感情，与"辛派词人"相通，也是南宋士人所共有的。赴北方途中之所见，让词人的感慨变得深沉。《齐天乐·中秋宿真定驿》说：

西风来劝凉云去，天东放开金镜。照野霜凝，入河桂湿，一一冰壶相映。殊方路永，更分破秋光，尽成悲境。有客踌躇，古庭空自吊孤影。　江南朋旧在许，也能怜天际，诗思谁领？梦断刀头，书开蚕尾，别有相思随定。忧心耿耿。对风鹊残枝，露蛩荒井。斟酌嫦娥，九秋宫殿冷。

人在"殊方"，心在"江南"。异乡的"霜凝""桂湿""古庭孤影""风鹊残枝""露蛩荒井"，牵动行客"相思"。这不是普通的相思，而是与家国愁恨联系在一起的，所以"忧心耿耿"，"尽成悲境"。有了北方沦陷区的真实见闻以后，词人的爱国情绪变得更加强烈。

史达祖最为擅长的是咏物词，所咏之物多达二十余种，有茉莉、荷花、燕子、春雪、春雨、红梅、白发、橙、海棠、梨花、月光、鸳鸯、蔷薇、木犀香、桃花、玉蕊花、软香、笛、金林檎、梅花等等。清人邹祗谟《远志斋词衷》说："咏物固不可不似，尤忌刻意太似。取形不如取神，用事不如用意。宋词至白石、梅溪，始得个中妙谛。"梅溪词通过对所咏之物的描写勾勒，力求达到尽态极妍、形神俱似的艺术效果。梅溪词之笔触细腻婉转和词语清新秀逸，在咏物词中表现得最为突出。先来读《绮罗香·咏春雨》：

做冷欺花，将烟困柳，千里偷催春暮。尽日冥迷，愁里欲飞还住。惊粉重、蝶宿西园，喜泥润、燕归南浦。最妒它、佳约风流，钿车不到杜陵路。　　沉沉江上望极,还被春潮晚急,难寻官渡。隐约遥峰,和泪谢娘眉妩。临断岸、新绿生时,是落红、带愁流处。记当日、门掩梨花,剪灯深夜语。

这首咏春雨词,题面上始终没有出现"雨"字,却紧紧围绕着春雨。沈义父《乐府指迷》"咏物不可直说"条称:"炼句下语,最是紧要,如说桃,不可直说破桃,须用'红雨'、'刘郎'等字;如咏柳,不可直说破柳,须用'章台'、'灞岸'等字。又咏书,如曰'银钩空满',便是书字了,不必更说书字;'玉箸双垂',便是泪了,不必更说泪。如'绿云缭绕',隐然髻发;'困便湘竹',分明是簟。正不必分晓,如教初学小儿,说破这是甚物事,方见妙处。往往浅学俗流,多不晓此妙用,指为不分晓,乃欲直捷说破,却是赚人与耍曲矣。如说情,不可太露。"这是对南宋雅词创作经验的归纳,梅溪词最合乎要求。这首词先写春雨给春天带来的凄冷迷蒙景象,它摧残花柳,迎来春暮。其中还隐约包含着一段旧情难觅的苦痛。下片就转到这段旧情眷恋的描写上。所用的典故依然处处在写春雨,然而这春雨都与离情相思发生了关系。这就是史达祖词所要传递的喻托之意。当然,词人将咏物与旧情结合得十分巧妙。姜夔拍案欣赏的就是史达祖这类作品。清人黄苏《蓼园词选》说:"玉林《词话》云:'临断岸'以下数语,姜尧章称赏。谓梅溪之词,'盖能融情景于一家,会句意于两得',其谓是欤?愁雨耶?怨雨耶?多少淑偶佳期,尽为所误。而伊仍浸淫渐渍,联绵不已。小人情态如是,句句清隽可思。好在结二语写得幽闲贞静,自有身分,怨而不怒。"

梅溪词中压卷之作是《双双燕·咏燕》,清人贺裳《皱水轩词笺》推崇说："史邦卿咏燕，几于形神俱似矣。"词云：

过春社了，度帘幕中间，去年尘冷。差池欲住，试入旧巢相并。还相雕梁藻井，又软语、商量不定。飘然快拂花梢，翠尾分开红影。

芳径，芹泥雨润。爱贴地争飞，竞夸轻俊。红楼归晚，看足柳昏花暝。应自栖香正稳。便忘了、天涯芳信。愁损翠黛双蛾，日日画阑独凭。

这首词刻画春燕的体态，神形逼肖，活灵活现。上片写双燕归来。春社刚过，帘幕间又飞来去年的旧燕，它们寻觅旧巢，商量补窝，一片"软语"声。"飘然"二句，写双燕定居后便开始繁忙紧张的新生活。它们衔泥补巢，轻快地从花梢飞掠而过，翠尾像张开的剪子把花影剪开。下片承此，继续写双燕的日常生活和旧巢双栖。"芳径"是燕子"贴地争飞"的地方，它们在旖旎的春光中各显身手，把繁忙的劳动变成一场欢快的游戏。"红楼"四句，写双燕饱览一天景色，傍晚归来，双栖自息，其乐无穷，却忘记了为远在天涯的游子向闺阁中的佳人传递音信。词用细腻的笔触、清新俊逸的语言，描写了春燕重归旧巢软语多情和竞飞花间轻盈俊俏的神态，表现了双燕自由愉快和形影不离的美满生活。后人对此词的咏物技巧及成绩，向来称赏不已。王士祯《花草蒙拾》说："咏物至此，人巧极天工矣。"

从结构上说，全词巧妙地安排了明暗两条线索。开始时燕子归来的活动为明线索，红楼佳人孤独相思为暗线索。到了"栖香正稳"时，明暗两条线索交换位置。由此构成咏物词的喻托之意：以双燕欢快美满的生活反衬闺阁思妇的冷清孤寂。

其他咏物如《东风第一枝》写春雪："青未了，柳开白眼；红欲断，杏开素面。"红绿相衬，却掩映在素雪之后，为春雪特有景色。《万年春》写春思："柳发晞春，夜来和露梳月。"柳树疏疏的长条，纷披在春天和煦的阳光中；夜晚，又沾上清凉的露水，在月下来回拂动；月光透过柳条疏疏朗朗投影到地面，仿佛被梳理过似的，写得异常细腻生动。如此佳作佳句，在梅溪词中不胜枚举。

史达祖咏物词的最大缺陷是题外之旨的阐发。蒋敦复《芬陀利室词话》卷三说："词原于诗，即小小咏物，亦贵得风人比兴之旨。唐、五代、北宋词人不甚咏物，南宋诸公有之，皆有寄托。"以下列举多首词作，没有一首是史达祖的。《双双燕》咏物之巧已臻化境，然而其喻托之意无非是闺中寂寞孤独，没有什么新意。史达祖为人多有污点，投靠权臣韩侂胄，得势后又"公收贿赂，共为奸利"。史达祖词中偶尔一现的国家愁恨、民族情绪，是时代所赋予的，不足以说明其人品。心胸的龌龊必然影响词作的旨意，所以，史达祖咏物词缺乏深沉浑厚的喻托之意，以比兴手法所写的，多是闺怨别愁，旧调一重再弹。咏物虽然能够超越物象之外，却常常给人"为赋新词强说愁"的感觉。清代周济因此鄙薄史达祖，《介存斋论词杂著》说："梅溪甚有心思，而用笔多涉尖巧，非大方家数，所谓一勾勒即薄者。"又说："梅溪词中善用'偷'字，足以定其品格。"与姜夔相比，史达祖咏物多人工痕迹。先著《词洁》说："史之逊姜，有一二欠自然处，雕琢有痕，未免伤雅，短处正不必为古人曲护。"从这个意义上来说，史达祖的咏物词反而远离了《离骚》的比兴优良传统。

回归"艳词"传统，使得南宋雅词作家创作相当数量的情深意长的恋情词。史达祖在这方面也有脍炙人口之作，《临江仙·闺思》云：

愁与西风应有约，年年同赴清秋。旧游帘幕记扬州。一灯人著梦，双燕月当楼。　　罗带鸳鸯尘暗淡，更须整顿风流。天涯万一见温柔。瘦应因此瘦，羞亦为郎羞。

这首闺中相思词单纯用清新流畅的语言，自然明白而又深情委婉地抒发了闺中离情，是南宋难得的相思佳作。词的构思也别有韵味，不说悲秋，而是说"愁与西风应有约"，转折一层写每到秋日自己都要被悲苦情绪所缠绕。下文才说明原因，关键在于"旧游帘幕记扬州"，这一段旧情的永难忘怀。下片写苦苦相思的后果。一是罗带尘暗，无心打扮；二是瘦损肌肤，憔悴困苦。"瘦应因此瘦，羞亦为郎羞"，真是为情而生，为情而死。

南宋雅词作家的创作传统是从周邦彦而来，陈廷焯《白雨斋词话》卷二说："梅溪全祖清真，高者几于具体而微。"戈载《宋七家词选》认为："予尝谓梅溪乃清真附庸。"陈匪石也以为"笑颦悉合。"梅溪词于章法结构、炼字炼句、修辞技巧等诸多方面学习周邦彦，其精致工巧令人叹服。近人夏敬观就是在这个意义上推崇史达祖，说："南宋惟史邦卿《梅溪词》为炼铸精粹，上比清真，得其大雅；尝下方梦窗，不伤于涩。"史达祖这些方面的努力，从南宋词坛的创作格局分析，则是承继了姜夔的创作传统。清人汪森因此评价说："鄱阳姜夔出，句琢字炼，归于醇雅。于是史达祖、高观国羽翼之。"（《词综序》）

3.秾挚绵密梦窗词

吴文英,生卒年不详,字君特,号梦窗,晚年又号觉翁,四明县(今浙江宁波)人。本姓翁,过继为吴氏后嗣。一生未第,游幕终身。30岁左右曾在苏州为幕僚,长期居住在苏州、杭州一带,行踪未出江、浙二省,卒年六十岁左右。有《梦窗甲乙丙丁稿》,存词近350首。

吴文英词艺术个性异常鲜明,在南宋雅词作家中别树一帜,甚至可以说是一种全新美学风格的创造。正因为如此,吴文英词引起的争议也最大。张炎将吴文英作为姜夔的对立面来叙述,《词源》卷下说:"词要清空,不要质实。清空则古雅峭拔,质实则凝涩晦昧。姜白石词如野云孤飞,去留无迹;吴梦窗词如七宝楼台,眩人眼目,碎拆下来,不成片断。此清空质实之说。"甚至在创作方面得到吴文英指点的沈义父,也批评梦窗词"失在用事下语太晦处,人不可晓"。(《乐府指迷》)直到近代的王国维,仍持这样的意见,《人间词话》说:"梦窗之词,余得其词中之一语以评之,曰:'映梦窗,凌碧乱'。"反之,南宋也有非常欣赏梦窗词者。尹焕《梦窗词集序》说:"求词于我宋,前有清真,后有梦窗,此非焕之言,四海之公言也。"尹焕显然将吴文英摆在姜夔与史达祖之上,直接与周邦彦相提并论,而且强调这是"四海之公言"。这应该是夸张之词,梦窗词在南宋并没有获得如此多的关注,梦窗词真正获得欣赏与好评是在清代。戈载《宋七家词选》认为吴文英词:"以绵丽为尚,运意深远,用笔幽邃,炼字炼句,迥不犹人。貌观之雕缋满眼,而实有灵气行乎其间。细心吟绎,觉味美方回,引人入胜。既不病其晦涩,亦不见其堆垛。此与清真、梅溪、白石并为词学正宗,一脉真传,特稍变其面目耳。"周济《介存斋论词杂著》说："梦窗每于空际转身，非具大神力不能。梦窗非无生涩处，总胜空滑。况其佳者，无光云影，摇荡绿波，抚玩无斁，追寻已远。"又说："梦窗奇思壮采，腾天潜渊，返南宋之清泚，为北宋之秾挚。"(《宋四家词选目录序论》) 今人对梦窗词的研究更加深入，叶嘉莹先生认为"梦窗词遗弃旧传统而近于现代化"(《拆碎七宝楼台》)，这种新角度能帮助人们更深入地理解梦窗词。

梦窗词独到之处首先在于梦幻般艺术境界之创造。梦窗词与梦关系密切，王国维以"映梦窗，凌乱碧"评其词，有其艺术的敏感性。梦窗词善于摹写梦幻，并用梦幻反映现实。据学者统计，梦窗词中"梦"字出现171次。此外，梦窗词中还有写梦境不出现梦字者。进入梦窗词之梦境，肯定经过相当的理性筛滤，然而，依然会保存许多与梦相关的特征。梦之世界来去无迹，虚幻缥缈，色彩斑斓，跳跃极大。梦的世界又不具连贯性，时有晦涩之处。这些都成为梦窗词的艺术特征。所以，初读梦窗词，好像珠宝堆砌，眩人眼目，杂乱无章，给人一种"凌乱碧"的整体感觉。细细品味，就能发现进入词人创作构思的梦幻世界实际上经过词人的精心处理，有着内在的联系性与和谐美。吴文英力图通过梦幻之窗，展现自我丰富多彩的内心世界。

梦，是现实生活的象征，是白日不可实现愿望在非现实世界中的延续。梦窗词主要通过梦境来表达情感，必然具有强烈的象征意味。吴文英平生的喜怒哀乐都在梦的象征世界中得以展露。词人的一首《夜游宫》，前有小序交代说："竹窗听雨，坐久隐几就睡，既觉，见水仙娟娟于灯影中。"这首词就是写梦境的。现实中，词人凭几倚窗而坐，通过窗口看室外景色，听自然声响。入睡时，又可以通过梦的象征，透视词人心灵。词说：

窗外捎溪雨响。映窗里、嚼花灯冷。浑似潇湘系孤艇。见幽仙，步凌波，月边影。　　香苦欺寒劲，牵梦绕、沧涛千顷。梦觉新愁旧风景。绀云欹，玉搔斜，酒初醒。

雨声容易催人入眠。雨打竹梢，沙沙作响，这种清幽的声调，很快将词人送入梦境。"映窗里"以下，已经恍惚入梦。此时，小屋竟像系在潇湘江边的孤艇一样，轻轻摇晃起来，雨声已变幻为水波轻拍小艇、江岸的声响。词人首先在梦境中叠现出的是天涯漂泊流浪的景象，时空不可确指，因为梦境也是飘忽的。江湖飘荡、四海为家的象征，或喻事业无成？或喻有家难回、情人不见？或就是一种人生的感慨？这些都凭读者的个人理解。梦境中再次叠现出的是"罗袜轻尘，凌波微步"渐渐远去的美人。湘水女神据说就是舜的妃子。词人梦见的是这位湘水女神，还是叠现出情人的倩影？或者依然是美好事物离之远去之心中隐痛在梦中的流露？"香苦欺寒劲"写的仍是楚境，用嗅觉、感觉写季节。"梦绕沧涛千顷"所指已不仅仅是潇湘。梦中的烟水沧茫，波涛千顷，是平生漂泊留下的痕迹。这两句分写时间与空间，但又不是具体大的时空，其中融入词人平生的悲慨。"梦觉新愁"一句过渡，逐渐从梦境回到现实。结拍"绀云欹，玉搔斜，酒初醒"三句，是词人将醒未醒、神思恍惚之际，追念梦中"凌波步"的"幽仙"？还是写醒后所见"娟娟于灯影中"的水仙花？或者是二者在幻觉中的叠合？很难叫人辨别清楚。其中是否又蕴含着词人对美好事物的向往之情或不屈追求之象征意义,也可以由读者作自由联想。

这样以写梦境为主的歌词,时空不可确指,意象群模糊,情感表述若隐若现,皆带有梦幻的神秘性。类似作品,在梦窗词中俯拾皆是。如《浣溪沙》上阕说:"门隔花深梦旧游,夕阳无语燕归愁。玉纤香动小帘钩。"《新雁过妆楼》说:"梦醒芙蓉,风檐近、浑疑佩玉丁东。"《浪淘沙慢》说:"梦仙到,吹笙路杳,度巘云滑。"其他如"幽梦小窗春足""为语绮梦憔悴""明朝传梦西窗"等等。词人的梦境都较为狭小,限于闺阁楼台,被小窗所限制,即所谓词境"狭深"者。

擅长写梦的词人,一定是现实中无路可走者,他只能在梦幻中寻求实现自己的愿望。吴文英布衣终身,这对古代知识分子来说是最大的挫折。因此,吴文英在梦境中也无法摆脱凄苦悲伤。"十年一梦凄凉"(《夜合花》)、"梦翠翘,怨鸿料过南谯"(《惜黄花慢》)、"春梦人间须断"(《三姝媚》)、"寄残云、剩雨蓬莱,也应梦见"(《瑞鹤仙》)、"乡梦窄,水天宽,小窗愁黛淡秋山"(《鹧鸪天》),诸如此类的语句,就会频频出现在梦窗词中。这样暗淡低迷的氛围、环境、心境、情绪描写,与南宋后期政治上低气压相一致。所以,这也是时代所赋予梦窗词的。

以梦境做象征性表达,反复使用以后就形成思维和写作的习惯。即使在白昼,有时也要神思朦胧,似乎进入"白日梦"的状态,用幻觉写现实,幻觉中又具象征意味。如《八声甘州》的"腻水染花腥""时靸双鸳响",以幻嗅觉和幻听觉写现实见闻,就充满了历史的象征意味。另一首写悼亡的名作《风入松》,也以幻觉写悼亡情思，说：“黄蜂频扑秋千索，有当时纤手香凝。"在幻觉中，美人纤手的馨香一直留在"秋千索"上，这样的幻觉表明词人内心有排遣不了的永久性的哀痛。

吴文英词中的象征手法，有时具体落实于比拟、借代、用典等诸多方式。拟人如"彩扇咽、寒蝉倦梦，不知蛮素"（《霜叶飞》）；"兰情蕙盼，惹相思、春根酒畔"（《瑞鹤仙》）等。借代如"别后访六桥无信，事往花委，瘗玉埋香，几番风雨"（《莺啼序》）；"龙吻春霏玉溅，煮银瓶、羊肠车转"（《水龙吟》）等。这几句中出现的"蛮素""羊肠车转"，又是用典。通过这一系列修辞方法的结合运用，象征意喻更为深邃。

梦窗善写梦境，故其意识流程便带有梦境之特点。虽经过理性之筛滤，仍不免有大量的意识自如之流动，尤其是词人经常无法真正将自我解脱出来，沉醉在梦的幻觉之中。这种意识之流动时而成为梦窗词结构的主要方式。古人的诗词创作，都有一定的时间流变过程可寻。或者为顺叙结构，沿着时间流变的顺序逐步展开；或者为倒叙结构，由今思古，由古叹今，其顺序为今——古——今。这是古人文学创作中常用的两种时间结构方式。时间流变的有序，带来空间转移的有序，诗词中出现的景物或者是眼前所见，或者为曾经历过，空间距离有相对的限制。空间的转移时常依据时间的演变而来，有脉络可寻。吴文英词则超乎常规，很大程度上打破了上述的时空结构观念。这主要表现在两个方面：其一是时空交错，通过梦境，将现在、过去、将来渗透结合在一起，上下跳跃，时间与空间之跨度极大。其二是写景、叙事之中渗透着心理活动，三者相互交织，使词人意识流动之过程隐隐成为歌词背景之衬托。这种结构方式，与西方的"意识流"有相似之处，这就是叶嘉莹先生所说的"近于现代化"。这样的结构方式有悖于读者的阅读习惯，一时难以被理解或接受，批评梦窗词堆垛晦涩便与此相关，赞赏梦窗词"运意深远"者也与此相关。以下选取梦窗词中名篇来分析，以透视梦窗词的特殊结构方式。《八声甘州·陪庾幕诸公游灵岩》说：

渺空烟四远，是何年、青天坠长星？幻苍厓云树，名娃金屋，残霸宫城。箭径酸风射眼，腻水染花腥。时靸双鸳响，廊叶秋声。

宫里吴王沉醉，倩五湖倦客，独钓醒醒。问苍波无语，华发奈山青。水涵空、栏杆高处，送乱鸦、斜日落渔汀。连呼酒，上琴台去，秋与云平。

开篇即以神来之笔，横绝古今，一直追溯到千万年灵岩山未有之前，任何巨大的时空都无法隔绝词人遨游的想象。词人想象是远古时代上天坠落的长星，幻变而成灵岩山。首三句也是词人登高远眺灵岩山周围的环境：灵岩山四周，浩渺空阔，一望无际，唯灵岩山拔地而起，仿佛是一颗巨星从天而降。有了灵岩山，到了春秋末期，又有吴越争霸，盛衰兴亡之事。那时吴王夫差在"苍崖云树"之间修筑了"名娃金屋"，与西施同在此间，奢侈无度。这一段梦幻般的历史，至今都已幻灭。"幻"，既指景物由"长星"幻化而来，也指历史的幻灭无常。眼前所见的只是遗留下来的"残霸宫城"。"幻苍崖"三句，时空转移到春秋末期，又转移到眼前，完成了两个大跨度，其中深蕴历史盛衰的种种感慨。

"箭径"以下四句，承上文粗线条勾勒，转入更为具体细致的描写：箭径遗迹尚在，但早已荒凉，只有冷风射眼，眸子为酸。昔日宫女如花，穷奢极欲的情形，宛在眼前。溪流被当年所弃脂粉浸染，落花漂流，至今犹闻腥味，靠近馆娃宫的响屟廊，是当年西施和宫女们走过的地方。如今，这些美女早已烟消云散，但风吹落叶声却在空廊中回响着，仿佛是当年宫女们的木屟声。这四句从时空角度考虑，是将古今混同一起，词人面对着眼前的灵岩山，幻觉中叠现出吴王和西施等当年在此活动的一幕幕。词人通过"腻水染花腥"的幻嗅觉和"时靸双鸳响"的幻听觉，使读者莫辨古今。可能词人闻到的是今日山间的花香味，然而词人已经沉湎于往事的怀想，眼前闪现的都是当年的幻影，所以，花香味就转为脂水腥腻味。风吹落叶，声响轻微，几乎是听不到的。此时，却清晰地回响在词人耳边。通过幻觉作用，同时批判了吴王夫差当年的糜烂生活。吴文英生活在南宋后期，外有强敌压境，内有权臣误国，词人的感慨是有现实意义的。

过片从时空上再度转回到春秋末期。眼前的实景隐退，脑中的幻象消失，代之而来的是清晰的史实。"宫里"三句以对比法咏史：吴王迷恋于西施的美貌，沉醉于歌舞宴乐，终于国破家亡；范蠡清醒地意识到越王"可以共患难，不可与共乐"的现实，功成身退，泛舟五湖之上，得以善终。梦窗当时寄人篱下，忧国有心而报国无门。所以，羡慕古人的功成身退，就是感伤自己的事业无成。"问苍天"二句，愤激之余，搔首问天，但苍天无语，孤愤徒存。而且华发已生，岁月老去，无可奈何之感涌上心头。时空又跨回到今天此地。这时天色将晚，词人凭高倚栏遥望汪洋万顷的太湖水远涵天空，目送着斜阳中的乱鸦飞落寒汀，浓重的末世伤感已不可扼制。"斜日"奄奄一息，"乱鸦"为不详之兆，词人已预感到小朝廷无法避免的悲剧命运。眼前景物中结合着未来时空的设想。"连呼酒"三句是词人强自振作，强自安慰。登上琴台，呼侣传杯，借酒忘忧。置身于绝顶之上，白云与秋色争高，豪情向天际奔驰。词人从历史回到现实，又从现实逃向虚幻，实际上依然是无路可走的深层苦痛的表达。

这首词时空上没有一贯发展的线索，呈现为跳跃式的交错结构。现实情景、历史遗迹与个人伤感和谐地交织在一起，真幻重叠，虚实相生。吴文英的多数词都有这个特点。而其他作品，往往结合梦境的描写、象征的手法、生僻典故的运用等，显得更加晦涩难懂。

吴文英梦中的世界是绚丽多姿的，其近乎"意识流"的结构方式与象征手法造就梦窗词深邃的意境，因而呈现出秾挚绵密的整体风格。这种作风确实与姜夔的清空峭拔截然不同，需要读者的细心寻绎。吴文英是一位费解又不容忽视的南宋词作家。

二、南宋末年风雅词人

南宋末年风雅词人，是宋末遗民词人中的一大群体。宋恭帝德祐二年（1276），元兵攻入南宋京城临安（今杭州），苟延残喘的南宋小朝廷彻底覆亡。大批词人由宋入元，骤然间沦为亡国奴。这些词人的创作活动都是在南宋末年开始，亡国之后继续着歌词之创作，他们被称之为宋末遗民词人。遗民词人不甘心受异族统治，不与元人政权合作，大多保持隐逸或飘零江湖的身份。但他们又无力与现实抗争，怯懦地躲藏在个人生活的小天地里。由于时代和社会环境的变迁，他们的词作主要诉说因异族入侵带来的苦难与愤恨，倾吐亡国者的悲苦哀怨。他们的心境与南宋词人绝然不同。南宋词人还有半壁残破的江山可供喘息，还可以有幻想与期待，愤激时也能一吐为快，词中所寓家国愁思也不会太多地受环境压迫而需要遮掩。无心肝者甚至可以闭眼不看现实，自得其乐。遗民词人再也无处可逃，普天之下，皆为元人之土。所有的幻想与期待都彻底破灭，沉重的亡国哀思永远追随着每位遗民词人，拂之不去，却之还来。内心的深悲巨痛无法排解，却又不敢大声疾呼，不敢在词作中表达明白。于是，多数遗民词人继承姜夔等风雅词人的创作传统，采用隐晦曲折的手法，吞吞吐吐的表露难以直言的亡国哀叹，其词向着比兴寄托之方向发展。

宋末遗民词人的创作还呈现出一个明显的特征：相互结社填词，大量创作咏物篇什。南宋自中期以来，结社填词之风渐盛，如史达祖歌词中频频提及"社友"等。亡国之后，众多有民族气节的遗民不愿出仕新朝，终日无所事事，于是便时时结社填词，设题咏物，婉曲明志，将自己的悲苦哀痛一一寄寓词中。如清代发现的一个南宋遗民词选本《乐府补题》，所选录的37首作品都是结社时的咏物之作，分别为《天香》赋龙涎香8首、《水龙吟》赋白莲10首、《摸鱼儿》赋莼5首、《齐天乐》赋蝉10首、《桂枝香》赋蟹4首。据夏承焘先生考证："大抵龙涎香、莼、蟹以指宋帝，蝉与白莲则托喻后妃。"（《乐府补题考》）后来学者对这一观点提出质疑，但对这一组咏物词所寄寓的亡国哀痛都是肯定的。萧鹏推测说：所赋龙涎香"可能是寄托崖山覆灭之事"；咏白莲，"大抵以出污泥而不染的白莲自喻，抱节守志，不食周粟，不愿意屈服元朝"；咏蝉，是"以寒蝉自喻，一方面描写自己的悲惨境遇，一方面又孤芳自赏独抱清高、餐风饮露的品质，暗中表达了不愿与统治者合作的思想"（《周密及其词研究》）。在咏物词的创作方面，遗民词人中以王沂孙、张炎表现突出。

1. 清劲沉郁碧山词

王沂孙，生卒年不详，字圣与，又字咏道，有碧山、中仙诸号，会稽（今浙江绍兴）人。因居住在玉笥山（即天柱山）下，又别署玉笥山人或玉笥村民。宋亡后曾仕元，为庆元路（治今浙江鄞县）学正，旋去官。与遗民词人张炎、周密等往来甚密。有《碧山乐府》，又名《花外集》，存词约65首。

王沂孙生平资料流传甚少，揣摩其流传词作所抒发的情感，应该都是亡国之后的作品。根据这些词作所表现的情感，王沂孙应该是一位难忘故国、心怀凄苦的遗民词人，其出仕元朝也应该出于被迫无奈。碧山词中最为突出的是咏物词，共有34首，超过流传词作的半数。尤其是在"余闲书院"所作、被保留在《乐府补题》里的部分词作，代表了南宋遗民词人咏物之作的最高成就。陈廷焯推崇碧山词"品最高，味最厚，意境最深，力量最厚，感时伤世之言，而出之以缠绵忠爱。"（《白雨斋词话》卷二）也主要体现在他的咏物词中。以其代表作《齐天乐·蝉》为例：

一襟余恨宫魂断，年年翠阴庭树。乍咽凉柯，还移暗叶，重把离愁深诉。西窗过雨。怪瑶佩流空，玉筝调柱。镜暗妆残，为谁娇鬓尚如许？　　铜仙铅泪似洗，叹携盘去远，难贮零露。病翼惊秋，枯形阅世，消得斜阳几度？余音更苦。甚独抱清高，顿成凄楚。谩想薰风，柳丝千万缕。

这首词通过咏蝉，对南宋的灭亡表示了深深的哀悼，同时融入亡国后的身世悲痛。首句就是用典。据说齐王后的尸体变为蝉，所以开篇称蝉为"宫魂"。"翠阴庭树"是蝉的生活环境。在这碧荫凄绿中，已变为异物的蝉依然怨恨满腹。开篇用这个死别的典故，为全词定下凄哀怨苦的基调。"乍咽"三句写哀蝉在寂寞无情的翠荫中呻吟、挣扎，追怀往事，余恨难消，只能"重把离愁深诉"。"西窗过雨"意味着秋天的过去，寒蝉也愈益接近生命的末日了。雨声惊动寒蝉，寒蝉的翅膀扑腾声又给了词人"瑶佩流空，玉筝调柱"的美好联想。然而，环境已变，又据说魏文帝宫人喜蝉鬓。今天哀蝉即使有心像宫人一样精心修饰自己，又能给谁欣赏呢？故国沦亡后，移民的心境就是如此。

下片转换角度，为哀蝉写出另一番可哀伤的境界。魏人将汉宫中的铜人移走，铜人手中承接露水的盘子也随之而去。据说蝉是餐风饮露的，没有承露盘，也就断了哀蝉的食粮，生命自然危在旦夕。移民们在异族蹂躏下苟延残喘的窘迫情景，可以想见。"病翼"三句具体描写哀蝉的憔悴、枯萎的病态形象，它阅尽了人世时序推移、盛衰冷暖的巨变。经此重重打击，枯蝉还能经受得起几度斜阳日落之凄凉景况？"余音"是生命终结前的哀吟，自然更加悲苦。哀蝉只能独守清高，在凄切悲楚中默默离开人世。结尾两句突然转而回忆往日的欢欣，在和煦的南风吹来时，千万缕柳丝随风起舞，那是哀蝉生命中最美好的日子。这一幅情景是哀蝉临死前神志恍惚时出现的往日幻景，是回光返照。当然也是遗民对亡国前日子的追忆。这种徒然的追想，只能增加眼前的哀苦。看似解脱，实际上更加沉沦。

王沂孙的咏物词大都采用如此深幽的比兴手法，寄托身世悲伤与亡国哀思。《眉妩·新月》下阕说："千古盈亏休问，叹慢磨玉斧，难补金镜。太液池犹在，凄凉处、何人重赋清景？故山夜永，试待他、窥户端正。看云外山河，还老尽、桂花影。"所用的"太液池"等典故，隐隐与宫廷发生联系，暗示着南宋亡国的惨剧。"故山夜永"以下，写月有再圆之时，但故国山河却桂花老尽，江山易主，无复当年之情景，语意转折层深。表达过于幽深，时而走向晦涩，这是遗民词人咏物词的一个共同特点。如《天香·龙涎香》上阕说："孤峤蟠烟，层涛蜕月，骊宫夜采铅水。讯远槎风，梦深薇露，化作断魂心字。红瓷候火，还乍识、冰环玉指。一缕萦帘翠影，依稀海天云气。"清人陈廷焯《白雨斋词话》卷二认为："碧山《天香·龙涎香》一阕，庄希祖云：'此词应为谢太后作。前半所指，多海外事。'此论正合余意。"或者，也可以理解为：南宋流亡小朝廷，最后在海上被消灭，词人牵动了类似的隐痛，在咏龙涎香之时得以表达。读者可以感受到这首词在咏物用典中所含蓄传达的深长之哀痛，却无法仔细辨说。每个人的阅读理解，便各不相同。

王沂孙咏物之外词作，其抒情方式、所传达的情感都与咏物词相通。《高阳台·和周草窗寄越中诸友韵》是应和友人的，类似于结社填词。词中作者直陈"江南自是离愁苦，况游骢古道，归雁平沙。"这里的"离愁"，已经不是单纯的与友人或情人的分离思念，所抒写的是亡国遗民的悲苦情怀。所以，词的结尾处说："更消他，几度东风，几度飞花？"正所谓时日无多，好景不常，亡国遗民得过且过，其心境和语气都与"病翼惊秋，枯形阅世，消得斜阳几度"非常相似。王沂孙多数词作，都是将沉痛的故国之思，一一寄寓沉郁幽深、哀思凄婉的词作中，形成清劲沉郁的风格。

2. 清畅流丽玉田词

张炎（1248——？），字叔夏，号玉田，晚号乐笑翁。循王张俊六世孙。寓居临安（今杭州）。曾祖张镃也是著名词人，与姜夔、辛弃疾皆有唱和之作。父张枢精通音律，与周密、杨缵结为词友，定期集会填词。张炎早年就生活在这样有文化艺术氛围的家庭里，自幼便喜欢赋诗填词。那时，他是一位无忧无虑的"承平故家贵游少年"。宋亡时，年29岁，家产被籍没，其后流落江湖，至以卖卜为生。张炎后来有《长亭怨·旧居有感》回忆国破家亡之痛说："恨西风不庇寒蝉，便扫尽、一林残叶。"至元二十七年（1290）秋，元廷征召江南书画人才赴大都，张炎被征，曾北游大都，次年春后南归。后在浙东、吴楚等地飘零达十余年。有《山中白云词》，存词三百余首。

《山中白云词》里，咏物之作仅十之一二，数量并不多，然影响却非常大。受词坛风气影响，张炎最擅长的是写咏物词。亡国之前，他曾有《南浦·春水》一词，咏西湖春水，获同时代人好评，因此有"张春水"之雅号。那时候的歌词并没有太多的生活感受，所谓"一片空狂怀抱，日日化雨为醉。自仰扳姜尧章、史邦卿、卢浦江、吴梦窗名胜，互相鼓吹春声于繁华世界，飘飘征情，节节弄拍，嘲明月以谑乐，卖落花而陪笑。"（郑思肖《山中白云词序》）亡国之后，生活境况大变，心境大变，其咏物词转向凄苦哀婉。代表作是《解连环·孤雁》，以失群悲苦的孤雁象征丧家亡国的遗民，生动贴切，时人又改称他为"张孤雁"。词说：

楚江空晚，怅离群万里，恍然惊散。自顾影、欲下寒塘，正沙净草枯，水平天远。写不成书，只寄得、相思一点。料因循误了，残毡拥雪，故人心眼。　谁怜旅愁茌苒？谩长门夜悄，锦筝弹怨。想伴侣、犹宿芦花；也曾念春前，去程应转。暮雨相呼，怕蓦地、玉关重见。未羞他、双燕归来，画帘半卷。

词人在所咏之物身上倾注了无限深沉的情感，因为孤雁的境遇、心境都是词人自我形象的写照。歌词仔细描摹了"离群""惊散"孤雁之处境艰危，孤雁的"写不成书"，正是亡国遗民急欲诉说、思恋不已的亡国愁苦。许昂霄《词综偶评》认为全词中这二句最为"奇警"。"旅愁茌苒"、处处飘零之苦，是词人亡国后的切身体验，故表达得如此真切感人。

张炎对姜夔推崇备至，其咏物词也受姜夔的影响。张炎有模仿姜夔之作《红情》《绿意》，小序介绍说："《疏影》《暗香》，姜白石为梅著语，因易之曰《红情》《绿意》，以荷花、荷叶咏之。"以《绿意》为例，词云：

碧圆自洁，向浅洲远渚，亭亭清绝。犹有遗簪，不展秋心，能卷几多炎热？鸳鸯密语同倾盖，且莫与、浣纱人说。恐怨歌、忽断花风，碎却翠云千叠。　回首当年汉舞，怕飞去、谩皱留仙裙折。恋恋青衫，犹染枯香，还叹鬓丝飘雪。盘心清露如铅水，又一夜、西风吹折。喜静看、匹练秋光，倒泻半湖明月。

　　这首词咏荷叶。荷叶"碧圆"高洁，在"清绝"的水中亭亭而立，应该让人赏心悦目。然而，词人总是有许多担心，他担心在夏季荷叶"能卷几多炎热"，担心说与"浣纱人"之后会化作"怨歌"，担心荷叶如当年赵飞燕舞罢弄皱弄褶"仙裙"，担心荷花的枯萎只留下荷叶如"鬓丝飘雪"，担心荷叶露珠如铜人铅泪。这一系列的担心，将词人的清苦凄悲情感向荷叶转移，荷叶成了寄托亡国哀思的对象。咏荷叶尚且这样悲苦，其他咏物词的情调莫不如此。张炎咏红叶说"甚荒沟、一片凄凉，载情不去载愁去"（《绮罗香》）；咏兰说"风烟伴憔悴，冷落吴宫，草暗花深"（《国香》）；咏菊说"湘潭无人吊楚，叹落英自采，谁寄相思"（《新雁过妆楼》）。

　　咏物词之外，张炎的创作也很有特色。张炎经历要比一般遗民词人复杂，亡国前他家境显赫，亡国后又曾被迫去过北方大都。所以，张炎词的内容与风格也要相对复杂。亡国的巨痛表现在张炎所有的词作中。尤其是对杭州西湖，词人的感慨更多。这里是南宋故都，又是词人亡国前长年居住的地方。《高阳台·西湖春感》说：

　　接叶巢莺，平波卷絮，断桥斜日归船。能几番游？看花又是明年。东风且伴蔷薇住，到蔷薇、春已堪怜。更凄然。万绿西泠，一抹荒烟。　　当年燕子知何处？但苔深韦曲，草暗斜川。见说新愁，如今也到鸥边。无心再续笙歌梦，掩重门、浅醉闲眠。莫开帘，怕见飞花，怕听啼鹃。

杭州是词人的第二故乡，美丽的西子湖又是他年轻时最喜盘桓游赏的地方。那时，词人是"承平贵游少年"。故国沦丧之后，故地重游，词人失去了家园，失去了国家，成为一个凄苦飘零的流亡者。举目所见，山河不殊而人世不同。所以，词人借咏西湖，抒发自己国破家亡的哀痛。这时候的西湖荒凉冷清，春天并没有为西湖带来欢快或生机。词人强打精神出游，或者是为了排遣亡国后的哀痛。可是所见之"荒烟""凄然"，更添愁苦之情。浏览西湖春光，最担心的是"能几番游"，对前景绝望的悲苦之情随时流露。李清照逃难到南方后，也喜欢追问"次第岂无风雨"，张炎此时心态与之类似。游览的结果，使伤痕累累的词人变得更加脆弱，他只能将自己关在屋内，躲避外界的一切："莫开帘，怕见飞花，怕听啼鹃。"李清照也说："如今憔悴，风鬟霜鬓，怕见夜间出去。不如向、帘儿底下，听人笑语。"（《永遇乐》）亡国遗民如惊弓之鸟，时日无多，已经煎熬到了生命的绝境。全词画面苍凉凄淡，音节低沉，有一种无可奈何的怅惘与日暮时那种无望的哀愁。清人陈廷焯《白雨斋词话》卷二评价说："玉田《高阳台》一章，凄凉幽怨，郁之至，厚之至，与碧山如出一手。乐笑翁集中也不多觏。"

中年以后，张炎见识了北方的辽阔空旷、壮观雄伟、严寒酷冷，一定程度上改变了歌词柔媚娇美的作风。《甘州》上阕回忆当年的经历说："记玉关、踏雪事清游。寒气脆貂裘。傍枯林古道，长河饮马，此意悠悠。短梦依然江表，老泪洒西州。一字无题处，落叶都愁。"所描写的景物气象开阔，所寄寓的情感苍劲悲凉，词风某种程度上向辛派词人靠拢。清人谭献评此词则说："一气旋转，作壮词须识此法。"（《谭评词辨》卷一）词风类似的作品有《凄凉犯·北游道中寄怀》：

荒疏野柳嘶寒马，芦花深、还见游猎。山势北来，甚时曾到，醉魂飞跃。酸风自咽。拥吟鼻、征衣暗裂。正凄迷，天涯羁旅，不似灞桥雪。　谁念而今老？懒赋《长杨》，倦怀休说。空怜断梗梦依依，岁华轻别。待击歌壶，怕如意、和冰冻折。且行行，平沙万里尽是月。

北方的"游猎"壮观，北方的山势奇壮，北方的"万里平沙"辽阔无边，虽然"羁旅"凄迷，词人却有了悲歌击壶的激情。这在一味哀苦悲叹的遗民词人中极为少见。有了这种词风方面的改变，在宋末遗民词人中张炎词就相对流畅易懂，表现为清畅流丽的总体风格。

结束语　两宋词异同

最后，还可以对两宋词做一个基本比较与评价。比较南北宋词异同，是理清词史发展脉络的一个不可回避的问题。

一、南北宋词的不同特色

南北宋词演变发展的轨迹是明显的。从内容方面来讲，北宋词多风花雪月之吟唱，南宋词多黍离荠麦之悲苦，时代给予文学创作的影响处处可见，一目了然。从歌词内部嬗变的规律来考察，问题就显得错综复杂了许多，需要深入细腻地分析。

1.音乐的演变

南北宋词的不同来自于音乐的演变。词，配合隋唐以来逐渐形成乃至兴盛的燕乐而歌唱，就其本质而言是一种音乐文学，词的诸多变化都与音乐的嬗变息息相关。古代社会，缺乏科学的音乐曲谱记录方法，音乐的传授或教学也带有很大的随意性，许多优美的曲调都是依赖歌伎和乐工之口耳相传。于是，新的曲谱乐调的不断涌现，必然淹没大量的旧曲调，许多当年盛极一时的流行音乐，最终消失在历史的河流之中。南宋许多词虽然还可以合乐歌唱，但是"旧谱零落，不能倚声而歌"（张炎《西子妆慢·序》）已经成为一股不可逆转的潮流。南宋末年词人张炎《国香·序》说："沈梅娇，杭妓也。忽于京都见之，把酒相劳苦。犹能歌周清真《意难忘》《台城路》二曲，因嘱余记其事。词成，以罗帕书之。"可见"旧谱零落"，时能唱周邦彦某几首曲子者，便是凤毛麟角。

"诗歌总是先从歌中借来适当的节奏，并直接继承其抒情的性格。在适应了这种节奏以后，诗和歌便进入一种若即若离的状态，最后变成不歌而诵的徒诗。"[①] 北宋词人，多应酒宴之间歌儿舞女的要求，填词当筵演唱。北宋词人作词，是随意性的应酬，是业余的娱乐消遣，是逢场作戏，是私生活的真实描写，是无遮掩性情的流露。南宋词作，越来越脱离音乐的羁绊，走上独立发展的道路，逐渐成为文人案头的雅致文学。另一方面，南宋社会环境的巨大改变，迫使歌词创作不得不走出象牙之塔，把目光投向更为广阔的社会现实。南宋词作，很多时候是文人墨客间相互酬唱或结词社应酬的结果，有时还是抗战的号角，是服务于现实的工具。南宋词人作词，是高雅的艺术活动，是精心的组织安排，甚至是庄重的情感表达。所以，《介存斋论词杂著》说："北宋有无谓之词以应歌，南宋有无谓之词以应社。"

2. 创作环境的改变

与这种音乐背景的演变和创作环境的改变相关联，北宋词人多率情之作，往往就眼前景色，抒写内心情感，自然而发，生动感人。南宋词人则费心构思，巧妙安排，精彩丰富，门径俨然，句法章法可圈可点，警策动人。周济说："北宋主乐章，故情景但取当前，

---

① 张国风《传统的困窘——中国古典诗歌的本体论诠释》，第94页。

无穷高极深之趣。南宋则文人弄笔，彼此争名，故变化益多，取材益富。然而南宋有门径，有门径故似深而转浅。北宋无门径，无门径故似易而实难。"(《宋四家词选目录序论》)又说："北宋词多就景叙情，故珠圆玉润，四照玲珑。至稼轩、白石，一变而为即事叙景，使深者反浅，曲者反直。"(《介存斋论词杂著》)两者各有春秋。北宋词即见性情，易于引起阅读者的普遍共鸣；南宋词巧见安排，值得阅读者的反复咀嚼。这种作词途径的根本性转变，肇始于北宋末年的周邦彦，在大晟词人的创作中已经广泛地看出这一方面的作为。叶嘉莹先生评价说："(柳永与苏轼)都以自然直接的感发之力量为作品中之主要质素。而周邦彦《清真词》的出现，特别是一些他的长调慢词，则使得词之写作在本质上有了一种转变，那就是一种以思索安排为写作之推动力的新的质素的出现。"(《论周邦彦词》)《白雨斋词话》(卷三)同样是从这个角度讨论词的发展与盛衰："北宋去温、韦未远，时见古意。至南宋则变态极焉。变态既极，则能事已毕。遂令后之为词者，不得不刻意求奇，以至每况愈下，盖有由也。亦犹诗至杜陵，后来无能为继。而天地之奥，发泄既尽，古意亦从此渐微矣。"这种"古意"，恐怕就是率情，就是"自然感发"。

3.率情与匠心

有了上述两点的变化，所以，北宋词率情而作，浑厚圆润，表达个人的享乐之情，就少有意外之旨；南宋词匠心巧运，意内言外，传达词人的曲折心意，就多用比兴寄托手法。周济说："北宋词，下者在南宋下，以其不能空，且不知寄托也。高者在南宋上，以其能实，且能无寄托也。南宋则下不犯北宋拙率之病，高不到北宋浑涵之诣。"(《介存斋论词杂著》)南宋词就在这一方面,最受清代词人的推崇。最能体现南宋词人比兴寄托之义的当推咏物之作,词人结社之际也喜欢出题咏物。因为古人咏物,"在借物以寓性情,凡身世之感,君国之忧,隐然蕴于其内,斯寄托遥深,非沾沾焉咏一物矣。"(清沈祥龙《论词随笔》)《芬陀利室词话》卷三说:"词源于诗,即小小咏物,亦贵得风人比兴之旨。唐、五代、北宋人词,不甚咏物,南渡诸公有之,皆有寄托。白石、石湖咏梅,暗指南北议和事。及碧山、草窗、玉潜、仁近诸遗民,《乐府补遗》中,龙涎香、白莲、莼、蟹、蝉诸咏,皆寓其家国无穷之感,非区区赋物而已。知乎此,则《齐天乐·咏蝉》,《摸鱼儿·咏莼》,皆可不续貂。即间有咏物,未有无所寄托而可成名作者。"重大的社会与政治题材,通过比兴寄托的手法表现在歌词之中,南宋词的境界自然不同于北宋词。清人就是基于这一点改变对南宋词的看法。

二、南北宋词平议

后人读词、论词,总体上来看是推崇北宋者居多。大约是北宋词的"自然感发"更能打动后代阅读者,引起直接的情感共鸣。南宋词的刻意安排,需要沉吟其中,精心品味,反复咀嚼,才能有所心得、有所感悟。尤其是乐谱失传之后的大量歌词作者,更能从南宋词中体会出句法、章法之妙。吴文英的词,甚至连一部分文化修养极高的专业词人也难以回味其妙处之所在,更不用说广大的普通读者。前面引述《人间词话》"隔"与"不隔"的讨论,接触到的就是这样一个问题。这种阅读中的限制,使人们更加喜爱发展阶段的北宋词,而冷落鼎盛阶段的南宋词。

北宋词的率情，使之容易走向艳情，更多"性"之描写，失之肤浅；南宋词的推敲，使之容易走向雕琢，人工痕迹过重，因而显示其俗态。但是，北宋词的肤浅是创作环境所导致的，带有文体本身的必然性。读者阅读"艳词"，就有这种"猎艳"的心理期待。所以，北宋词写艳情之肤浅，并不招引读者的反感。《人间词话删稿》从这个角度评价说："唐五代北宋之词家，倡优也。南宋后之词家，俗子也。二者其失相等。但词人之词，宁失之倡优，不失之俗子。以俗子之可厌，较倡优为甚故也。"这应该也是人们对两宋词有所取舍的一个原因。

创作者各有喜好，这是永远无法避免的。词论家、词史研究者应该有更加包容的学术眼光，才能对南北词的发展做出公允评价。事实上，北宋、南宋之词，各有所长，不可偏废。清人从多重角度切入，对此亦颇多公允之见。《赌棋山庄词话》卷十一转述王时翔词论说："细丽密切，无如南宋，而格高韵远，以少胜多，北宋诸君，往往高拔南宋之上。"《艺概》卷四《词曲概》说："北宋词用密亦疏，用隐亦亮，用沉亦快，用细亦阔，用精亦浑。南宋只是掉转过来。"两宋词在抒情手段、风格表现、意境构造等诸多方面，自具特色。

清代陈廷焯对两宋词各有推崇与批评，从理性的立场出发，他是主张两宋词并重的。《白雨斋词话》卷三针对当时尊奉南宋的词坛风气说："国初多宗北宋，竹垞独取南宋，分虎、符曾佐之，而风气一变。然北宋、南宋，不可偏废。南宋白石、梅溪、梦窗、碧山、玉田辈，固是高绝，北宋如东坡、少游、方回、美成诸公，亦岂易及耶。况周、秦两家，实为南宋导其先路。数典忘祖，其谓之何。"卷八又说："词家好分南宋、北宋，国初诸老几至各立门户。窃谓论词只宜辨别是非,南宋、北宋,不必分也。若以小令之风华点染,指为北宋;而以长调之平正迂缓,雅而不艳,艳而不幽者,目为南宋,匪独重诬北宋,抑且诬南宋也。"《词坛丛话》直接用比喻说明问题:"北宋词,诗中之《风》也;南宋词,诗中之《雅》也,不可偏废。世人亦何必妄为轩轾。"

具体而言,北宋词处于歌词的兴起、发展、逐渐走向全盛的时代,在歌词之题材、体式、风格等多重角度做了诸多的尝试与开拓,为后代歌词之创作开启了无数法门。后起作者,可以根据各自喜好,沿着北宋词开拓的某一途径,继续深入下去,如辛弃疾之于苏轼、姜夔之于周邦彦等等。南宋词则承继其后,最终将歌词引导向全面鼎盛的阶段。南宋词人,于题材方面,艳情与社会政治并重;于体式方面,令、慢并举,引、近穿插其间;于风格方面,优美与崇高并存,且渐渐发展出清醇和雅的新风貌。尤其在艺术表现手法方面,南宋词千变万化,穷极工巧。"词至南宋,奥窔尽辟,亦其气运使然。"(《赌棋山庄词话》卷十二)所谓"气运",就是词史发展的必然。《赌棋山庄词话续编》卷三引凌廷堪论词观点说:词"具于北宋,盛于南宋",最是符合词史发展的实际情况。陶尔夫师与刘敬圻师指出:"中国词史,大体上经历了兴起期、高峰期、衰落期与复兴期四个阶段。纵观此四个阶段,南宋恰值高峰时期。"(《南宋词史》)而北宋词,则处于兴起期。南北宋词相互辉映,构成了歌词创作的黄金时段。